AF542567

Il a été tiré de cet ouvrage :

80 exemplaires sur velin cuve de Rives, numérotés de 1 à 80;

150 exemplaires portant comme sous-titre : THÈSE COMPLÉMENTAIRE POUR LE DOCTORAT ÈS-LETTRES.

EUGÉNIE DE GUÉRIN

Lettres à son frère Maurice

DE LA MÊME COLLECTION

Eugénie de Guérin d'après des documents inédits. — E. BARTHÉS. — Paris, GABALDA; Albi, IMPRIMERIE COOPÉRATIVE, 40, rue Séré-de-Rivières.

Tome I. — *Avant la mort de son frère Maurice* (1805-1839). Avec un *Avant-propos* et quatre planches illustrées hors-texte. In-8°, XIV-447 p.

Tome II. — *Après la mort de son frère Maurice* (1839-1848). Avec trois planches illustrées hors-texte, un *Chapitre bibliographique* et une *Table analytique*. In-8°, VIII-356 p.

ŒUVRES D'EUGÉNIE ET DE MAURICE DE GUÉRIN

Eugénie de Guérin. Lettres à Louise de Bayne. — Textes inédits. — E. BARTHÉS. — Paris, GABALDA; Albi, IMPRIMERIE COOPÉRATIVE, 40, rue Séré-de-Rivières.

Tome I (1830-1834), in-8°, XIII-467 p. 1924.

Tome II (1835-1847), in-8°, XVI-397 p. 1925.

Cet ouvrage a été couronné par l'Académie Française [*Prix Marcellin Guérin*, 1.000 francs].

ŒUVRES D'EUGÉNIE ET DE MAURICE DE GUÉRIN

EUGÉNIE DE GUÉRIN

Lettres à son frère Maurice

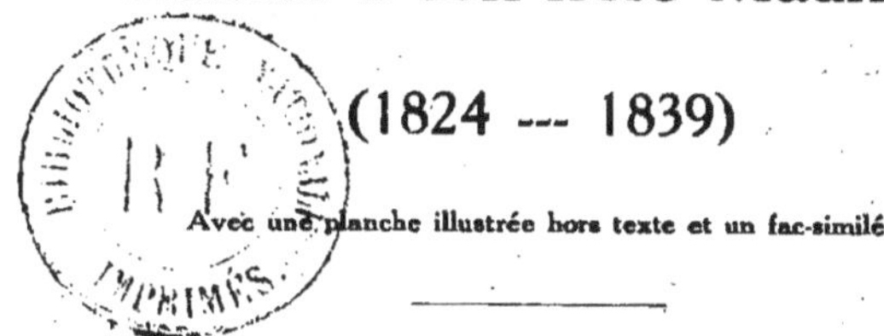

(1824 --- 1839)

Avec une planche illustrée hors texte et un fac-similé

TEXTES EN MAJORITÉ INÉDITS

précédés d'un *Avant-propos littéraire* et suivis d'une *Table analytique*

par

ÉMILE BARTHÉS

Docteur ès-lettres

Professeur de Philosophie et d'Apologétique au Grand Séminaire d'Albi

---

PARIS
LIBRAIRIE LECOFFRE
J. GABALDA et Fils, Editeurs
90, RUE BONAPARTE, 90

ALBI
IMPRIMERIE COOPÉRATIVE
DU SUD-OUEST
40, RUE SÉRÉ-DE-RIVIÈRES, 40

1929

PERMIS D'IMPRIMER :

Albi, 22 nov. 1927.

✝ PIERRE-CÉLESTIN,

Archevêque d'Albi, Castres et Lavaur.

AVANT-PROPOS LITTÉRAIRE

Le volume que nous offrons aujourd'hui au public constitue le second recueil des *Œuvres guériniennes* dont nous avons entrepris l'édition. Il fait suite aux deux tomes des *Lettres d'Eugénie de Guérin à Louise de Bayne*, que nous avons fait paraître en 1924 et 1925 et que le public a daigné accueillir avec tant de bienveillance.

***

Ce nouveau recueil comprend tout ce qui, à notre connaissance, subsiste des *Lettres d'Eugénie de Guérin à son frère Maurice*.

Malheureusement, ce reste est loin de représenter la correspondance intégrale de la sœur à son frère. En dehors des 33 lettres ou fragments que nous publions, bien d'autres lettres ont été envoyées par Eugénie à son « bien-aimé » Maurice. Une simple statistique peut en fournir la preuve. En compulsant les nombreux documents guériniens qui sont passés entre nos mains, nous avons trouvé mention, ici ou là, pour les années 1824 à 1831, de vingt-quatre lettres d'Eugénie à Maurice. Or, notre collection, pour la même époque, n'en contient que dix. Il en manque donc quatorze, les trois cinquièmes environ. Si l'on veut bien considérer, de plus, que plusieurs n'ont été l'objet d'aucune allusion, il ne semble pas téméraire d'affirmer que le présent recueil renferme seulement le tiers des lettres d'Eugénie à Maurice.

Pourquoi ces manques ? Comment cette partie de la correspondance guérinienne est-elle si incomplète, alors que dans certaines autres les pièces absentes sont l'exception ? C'est ce qu'il paraît utile de dire tout d'abord.

Serait-ce parce que Maurice n'a pas conservé avec tout le

soin désirable ce qui lui venait de sa sœur ? Nous ne le pensons pas. Que Maurice, à la rigueur, ait égaré quelques lettres, rien de plus plausible; maintes fois son père l'a accusé d'être négligent et désordonné. Mais il est invraisemblable qu'il ait poussé sa négligence au point de perdre la majeure partie de la correspondance de celle qu'il plaçait tout à fait à part dans ses affections. La responsabilité de cette perte ne retombe pas complètement sur lui; d'autres causes sont intervenues.

Tout porte à croire que Marie de Guérin, la timide Marie, en a détruit un certain nombre, celles particulièrement qui avaient été adressées à la Chenaie et qui traitaient des affaires mennaisiennes. On remarquera, en effet, qu'à part deux fragments recopiés par Eugénie dans un cahier de son *Journal*, il ne reste aucune lettre à Maurice datée de cette période. Cette absence ne paraît pas être l'effet d'un simple hasard. Par un excès de scrupule qu'on ne saurait blâmer, mais qui est cependant profondément regrettable, Marie n'a pas voulu laisser divulguer le grand espoir que sa sœur fonda sur le chef de l'école de l'*Avenir*, avant la révolte, et elle a brûlé les documents qui lui ont paru compromettants. Quel dommage ! non seulement pour les *Amis de Lamennais*, mais encore pour les Guériniens et pour ceux qui s'intéressent au mouvement des idées vers 1830 !

Il faut dire, à la décharge de Marie, qu'elle n'attribuait pas une importance capitale à ce dossier. Parmi les écrits de sa sœur, le *Journal* comptait surtout pour elle. Le reste lui paraissait secondaire. Et ceci explique, d'ailleurs, pourquoi, avec une prodigalité incroyable, quand son frère et sa sœur furent devenus célèbres, elle distribua libéralement leurs autographes aux personnes qui en réclamaient. Elle en donna non seulement aux artisans de la gloire guérinienne, c'est-à-dire à ceux qui publièrent des articles dans les journaux ou les revues, mais encore à des parents, à des amis, aux admirateurs du *Journal* et du *Cahier Vert*, à de simples amateurs d'autographes. Et, comme elle avait sous la main le dossier des Lettres d'Eugénie à son frère et des Lettres de Maurice à sa sœur, c'est dans ces deux collections qu'elle puisa largement pour faire des heureux. Dans le même temps et devant de semblables demandes, Pulchérie de Bayne se montra autrement sage et prudente.

Où se trouvent maintenant les manuscrits ainsi dispersés ?

Il est difficile de le savoir exactement. C'est le cas de répéter avec le vieux poète : « Mais où sont les neiges d'antan ? »

Pour quelques autographes qui se sont retrouvés, combien d'autres définitivement perdus ! Nous voulons espérer toutefois que certains verront encore le jour puisque, à mesure que l'on a connu notre projet de publication, notre dossier n'a cessé de s'accroître. En règle générale même, — et ceci est significatif, — les autographes se sont trouvés deux à deux, l'un du frère et l'autre de la sœur. Pourquoi y aurait-il arrêt brusque dans l'accroissement de ce précieux trésor ? Quelque chose nous dit que les vieilles malles et les tiroirs remplis de vieux papiers n'ont pas fini de livrer leurs secrets.

Quoi qu'il en soit, voici le recueil des *Lettres d'Eugénie à son frère* tel que des recherches diligentes, poursuivies avec persévérance pendant près de vingt ans, ont permis de le constituer. Tout incomplet qu'il soit, il ne manque pas de valeur et nous avons la ferme confiance que plusieurs diront ce qu'Eugénie écrivait à La Morvonnais le 20 octobre 1842 à propos des Œuvres de son frère : « Plutôt des fragments que rien de ce beau trésor ! »

***

Malgré ses lacunes, la collection est d'importance.

Elle l'est, en effet, par le nombre de pièces inédites qu'elle renferme.

Jusqu'ici, 12 lettres seulement d'Eugénie à Maurice avaient vu le jour : 8 dans l'édition Trebutien (numéros XV, XVI, XVIII, XIX, XX, XXI, XXII, XXVI); 3 dans *la Quinzaine* (IV, VI, IX): 1 dans *le Mouvement des Faits et des Idées* (XXV). Encore devons-nous ajouter que, parmi ces 12 lettres (1), on n'en a publié que six intégralement. En sorte que, sur les 33 morceaux du présent recueil, 21 sont entièrement inédits (I, II, III, V, VII, VIII, X, XI, XII, XIII, XIV, XVII, XXIII, XXIV, XXVII, XXVIII, XXIX, XXX, XXXI, XXXII, XXXIII), 6 autres le sont en partie (IV, IX, XVI, XVIII, XXI, XXVI). L'inédit représente les deux tiers de notre texte.

(1) Dans le nombre des lettres éditées par Trebutien, nous ne faisons pas rentrer les pages qu'il met sous la date du 13 septembre 1834. Elles sont, en réalité, le début du *Journal* d'Eugénie.

Quant aux trois lettres publiées par *la Quinzaine*, elles ont été extraites d'un des nombreux manuscrits Trebutien, celui qui a été donné par Mlle Read au Musée Aurevillien de Saint-Sauveur-le-Vicomte : *Eugénie de Guérin. Reliquiæ.*

Ce recueil est important également par la qualité de son contenu. Dire qu'il se compose de ce que l'épistolière du Cayla a écrit pour son frère, c'est proclamer sa valeur morale et son mérite littéraire. Tout le monde sait, en effet, qu'Eugénie a consacré à Maurice le meilleur de son âme et de son talent. N'est-ce pas pour lui qu'elle a composé son chef-d'œuvre, le cher et immortel *Journal ?* Les lettres qu'elle lui a adressées en forment le complément naturel; celles qu'elle a rédigées avant le mois de septembre 1834 en étaient le prélude, les autres en furent l'accompagnement nécessaire.

Bien entendu, comme dans toute correspondance d'une sœur à son frère, on y rencontre des détails, des choses de minime importance, que goûtent surtout ceux qui appartiennent à une même famille, par le sang ou par l'adoption. Nous nous sommes gardé de les supprimer. Mais combien d'autres traits présentent un intérêt général et humain ! L'épistolière s'y révèle comme le type le plus admirable de la sœur, une sœur qui a connu et pratiqué au plus haut point l'amitié fraternelle, une sœur qui a non seulement l'affection, mais encore la sollicitude et la vigilance, le doigté et la délicatesse des mères.

Dans son dernier livre, *la Vie chrétienne d'Eugénie de Guérin*, M. Victor Giraud, en définissant parfaitement le but de toutes les correspondances de son héroïne, a pu écrire :

> Ses lettres, elle le sent bien, ce n'est pas la simple fantaisie personnelle qui les lui dicte, et, si l'on ose dire, cet aimable démon de la littérature qui pousse à écrire tant de femmes de lettres qui ne s'avouent pas ou qui s'ignorent; ce n'est même pas, au moins exclusivement, cet ardent besoin d'aimer et d'être aimée qui forme l'un des traits les plus attachants de sa nature morale; c'est surtout son désir de faire du bien, d'élever, d'améliorer et de sauver les âmes, et cet impérieux instinct d'apostolat qui est peut-être la marque propre du christianisme profondément senti et vécu. (*Victor Giraud. Vie chrétienne d'Eugénie de Guérin*, p. 67.)

Ces lignes, qui conviennent à l'ensemble de la correspondance d'Eugénie de Guérin, s'appliquent tout particulièrement à ce qu'elle a écrit pour son frère. Ses lettres à Maurice ne sont pas un vain bavardage, un simple témoignage d'amitié, ou même un échange de nouvelles familiales. Elles sont l'expression de sa grande âme, éprise de l'idéal chrétien, qui voit en elles le moyen le plus efficace pour agir religieusement sur l'âme inquiète de Maurice : lettres expansives et confiantes, pleines de franchise, mais aussi de tact et de discrétion, débordantes de charité intellectuelle et morale.

*
* *

Il n'entre pas dans le dessein de cette introduction d'analyser cette correspondance et de raconter l'action fraternelle d'Eugénie de Guérin, action chrétienne dont ces lettres sont un des plus fidèles témoignages. On trouvera cette analyse et cette histoire tout au long dans la grande *biographie Eugénienne* (1) qui paraît en même temps que ce recueil, plus spécialement dans les chapitres VII, IX, XIX, XXI-XXIV. La lutte pour la conquête de l'âme de Maurice est un épisode capital, profondément émouvant, de l'existence d'Eugénie.

Mieux vaut par conséquent exposer et justifier la méthode que nous avons adoptée et suivie dans la publication des manuscrits guériniens. Il ne nous a pas été loisible, jusqu'à présent, de préciser et de développer avec ampleur notre pensée là-dessus.

Cette méthode est en fonction du but que nous nous sommes proposé.

Or, ce but, cette idée générale, n'est autre que la publication, en une édition aussi définitive que peut l'être une œuvre humaine, de tout ce qui reste d'Eugénie et de Maurice de Guérin. Leurs écrits offrent une réelle valeur littéraire. Les Guérin sont, d'ailleurs, représentatifs de leur temps. Leurs âmes sont grandes, pas le moins du monde vulgaires, et leurs nobles cœurs ont vibré sous des sentiments profondément humains : la douce et sainte amitié, l'amour fraternel, le sentiment de la Nature, l'attachement à la famille, au Pays natal et à la Religion.

On peut en donner comme preuve le fait que les Guériniens, — nous entendons par là non seulement ceux que l'on peut appeler les *Amis des Guérin*, mais encore ceux qui subissent l'attirance et l'influence du frère et de la sœur, — deviennent de plus en plus nombreux chaque année.

Après avoir connu un moment d'arrêt à la fin du XIXe siècle, l'étoile jumelée des Guérin a repris son mouvement ascensionnel dans le ciel de la gloire littéraire. Il n'est personne aujour-

(1) Cf. *Eugénie de Guérin d'après des documents inédits.*

d'hui qui n'admire le talent de l'auteur du *Centaure* et qui ne s'incline devant la haute valeur morale de sa sœur. Il n'est personne qui, du point de vue littéraire, traite Eugénie avec la désinvolture de Huysmans dans *A Rebours*, et qui la considère comme « une péronnelle prétentieuse et quasiment nulle ». L'opinion est nettement retournée sur ce point, ou plutôt elle n'a cessé de lui être favorable. Un peu partout, de nos jours, on lit, on étudie même, ses œuvres comme celles de son frère, et l'on se montre avide des détails de leurs existences.

Depuis moins d'un an, il a paru en Italie une courte biographie d'Eugénie sous le titre de *Cuor di Sorella*, par Ettore Allodoli, livre charmant, plein d'enthousiasme et de poésie, comme tout ce qui sort des plumes italiennes, et l'on a pu lire en France la très intéressante et fidèle *Vie chrétienne d'Eugénie de Guérin*, par M. Victor Giraud ainsi que l'attachant *Roman d'Eugénie et de Maurice*, par M. François Gélis, archiviste aux Jeux Floraux. Ce n'est pas tout. Nous savons qu'une jeune hollandaise d'Amsterdam, Hanny Veldkamp, prépare une étude psychologique sur Maurice de Guérin, d'après les méthodes du professeur Heymans, célèbre psychologue de l'Université de Groningue (Hollande), et du professeur Stern, cependant que M. l'abbé Decahors est occupé, plus que jamais, à la rédaction de la biographie de l'auteur du *Centaure*. Le vent est décidément tourné au Guérinisme (1).

Pour être digne des grandes âmes que nous voulons contribuer à porter à la postérité et de tous ceux qui s'intéressent à elles, il nous a paru nécessaire de concevoir notre édition comme une œuvre de précision scientifique et de vulgarisation populaire. Œuvre vraiment française, dans laquelle l'effort réclamé par les justes exigences de la critique se trahit à peine et se cache sous un vêtement de clarté et d'élégance.

Qu'avons-nous fait pour donner à notre travail un caractère vraiment scientifique ? En quelques mots, le voici.

Comme il importait, avant tout, de posséder et de fournir un texte fidèle sur lequel on ne pût élever aucun doute, nous avons eu recours aux meilleures sources. Notre édition des *Lettres d'Eugénie de Guérin à son frère Maurice*, — comme d'ailleurs celle des *Lettres à Louise de Bayne*, — est donc faite

(1) Nous savons aussi que le Dr A. Mühlan, de Glatz (Silésie), prépare une traduction allemande de morceaux choisis d'Eugénie et de Maurice de Guérin qu'il réunira en un recueil de 250 à 300 pages.

d'après les manuscrits autographes qui nous ont été communiqués avec bienveillance par leurs nombreux détenteurs. C'est seulement lorsque les originaux nous ont échappé, que nous nous sommes reporté à des copies Trebutien, ou, en dernière ressource, à un texte imprimé.

Ceux qui ont vu des copies faites par le sous-bibliothécaire de Caen savent bien qu'on peut se fier à elles en toute sécurité. Trebutien, modèle des copistes, reproduit scrupuleusement l'original; il pousse parfois le souci de l'exactitude jusqu'à indiquer par un encadrement rouge le format de son modèle, allant à la ligne et à la page comme lui. Seuls, les textes imprimés sont sujets à caution, à cause des corrections et des suppressions qui ont été faites. Mais nous n'avons eu besoin d'eux que très peu souvent. Encore une fois, à de très rares exceptions près, c'est l'autographe que nous avons eu sous les yeux, c'est lui que nous avons reproduit. Sur les 33 lettres de notre recueil, 30 sont publiées d'après l'autographe et 2 d'après une copie Trebutien. Une seule fois, il a fallu se servir de l'édition courante. Il suit de là que le texte que nous offrons présente toutes les garanties désirables d'authenticité.

Nous nous sommes fait d'ailleurs un devoir de le publier dans son intégralité.

Jusqu'ici les éditeurs des Guérin s'étaient contentés de livrer par fragments au public les lettres qu'ils possédaient. Les livres de Trebutien, en particulier, ne renferment que très peu de textes complets. Les coupures y sont souvent nombreuses et quelquefois très longues. Pour donner des exemples, on compte dix suppressions dans la lettre du 24 novembre 1831 (en tout 66 lignes sur 153), et il y en a 5 dans celle du 22 janvier 1832 (en tout 138 lignes omises sur 258). De là, des passages qui irritent la curiosité des lecteurs et qui provoquent leur étonnement. De là aussi, leurs encouragements à la poursuite de notre tâche. En m'envoyant la copie de deux lettres d'Eugénie incomplètement éditées, dont l'une fait partie de ce recueil, M. Gabriel Thomas a daigné m'écrire :

> Ceci rend assez suspectes les éditions de Trebutien et justifie la grande œuvre que vous avez entreprise.

Reconnaissons toutefois que des coupures étaient nécessaires à l'époque de la première édition. Il y aurait outrecuidance à blâmer la manière de faire de Trebutien; elle tenait à sa délicatesse naturelle. La résistance qu'il opposa, sur ce point, à Barbey d'Aurevilly, et qui contribua malheureusement à briser les liens de leur longue amitié, ne doit pas être critiquée. C'était alors la seule attitude qui convenait. C'est ainsi qu'on procède toujours quand on publie, peu après la mort d'un écrivain, sa correspondance et ses œuvres intimes.

Mais aujourd'hui, un siècle après que les lettres d'Eugénie ont été écrites, la même réserve n'est plus aussi strictement nécessaire. Ce n'est que par l'exactitude que l'on s'impose à la génération actuelle. A quoi bon omettre, d'ailleurs, certains passages ? Les Guérin ne sont-ils pas entrés dans l'histoire ? Puis, quels morceaux supprimer ? Sans compter qu'on ne sait jamais ce qui est susceptible d'intéresser un lecteur, il pourrait sembler à beaucoup que mutiler de pareilles lettres serait une profanation. On aurait l'air de vouloir cacher quelque chose; on jetterait des doutes dans les esprits. Dans la vie d'Eugénie de Guérin, comme dans ses écrits, il n'y a rien à voiler. Ses sentiments sont restés nobles et purs, et chaque fois qu'elle a parlé de ses contemporains, elle s'est montrée vis-à-vis d'eux d'une bienveillance extrême. Il y a bien çà et là, vers 1832, dans les lettres, certains passages ironiques et malicieux, mais, comme l'a fait justement remarquer M. Victor Giraud, « la charité est là qui veille et qui émousse les pointes ». C'est pour cela que notre édition est intégrale et ne renferme rien de tronqué volontairement. Le temps des morceaux choisis guériniens est passé; on pourrait dire, avec autant de vérité, qu'il n'est pas encore venu. Le monument qui se dresse en l'honneur des Guérin n'en est que plus imposant, plus grandiose, plus vivant.

Ce n'est pas seulement l'intégralité du texte qui est donnée ici, le scrupule de l'exactitude a été poussé jusqu'à respecter les moindres détails du style et des expressions. Rien n'a été corrigé sous prétexte de donner aux phrases une tournure plus élégante et plus correcte. Le style d'Eugénie perdrait son caractère véritable si l'on s'avisait de vouloir le moderniser. Il est toujours dangereux de vouloir retoucher un auteur. Celui qui se hasarderait à le faire risquerait le reproche qu'Eugénie, dans une lettre à sa sœur, adressait à La Morvonnais pour avoir corrigé les manuscrits de son frère :

Ce bon M. de La Morvonnais s'est donné bien des soins de copiste et de corrections, dont on ne peut que louer l'intention. Heureusement l'original reste sous la rature; il a mis des bêtises pour du génie. (*Eugénie à sa sœur Marie*, 23 *fév.* 1841.)

A la vérité, pour avoir corrigé quelquefois dans son édition le texte qu'il avait eu sous les yeux et qu'il avait reproduit fidèlement dans ses copies, Trebutien ne mérite pas un reproche aussi sévère. C'était un délicat, un fin lettré, un puriste. Sauf quelques mauvaises lectures inévitables (*Jobs* au lieu de *Jules*), ses variantes sont des améliorations. Il allège les phrases, corrige des incorrections, supprime des mots qui font double emploi.

Malgré cela, nous n'avons pas voulu suivre Trebutien dans cette voie. Il nous a semblé que l'on aimerait mieux contempler l'épistolière du Cayla dans son aimable et gracieux négligé. C'est pourquoi nous avons conservé tout ce qui pouvait caractériser Eugénie de Guérin comme écrivain :

les occitanismes du texte : « *Jamais papa n'a resté davantage* » ;

les expressions en langue d'Oc : « *Encaro uno pouto*, encore un gros baiser »;

les mots qu'elle francise : « *Nigaudise, grondades, longagneries* »;

les tournures familières de la phrase et les incorrections échappées à sa plume.

Pourquoi essayer de retoucher le style ? Il témoigne de la culture littéraire de l'écrivain. Pourquoi corriger ou supprimer les provincialismes ? Ils sont expressifs. Ils ajoutent à la richesse du vocabulaire et au coloris de la langue. Ils donnent le goût savoureux du terroir. Ils chantent la langue qui était familière à Eugénie de Guérin, car, en temps ordinaire, elle ne parlait et n'entendait parler le français que dans sa famille et à l'église, et encore pas toujours. Qui sait si la sœur de Maurice ne doit pas à sa province le style imagé, hardi, elliptique, qui a été admiré par Barbey d'Aurevilly ?

C'est « *me fait présence* », répondit un jour Barbey à Trebutien qui l'interrogeait à propos de la lecture d'une phrase d'Eugénie dont son ami déchiffrait les manuscrits. Expression qu'elle avait, même en causant, avec beaucoup d'autres qui n'étaient qu'à elle et qui lui donnaient la particularité de sa grâce. Règle générale, quand il y aura deux sens ou deux manières de parler qui feront doute dans une de ses phrases ou une de ses expressions, prenez toujours l'insolite, l'*étrange* et même l'*étrangère*, vous ne vous tromperez jamais. Elle avait *fait ses études* dans François de Sales. Elle en a gardé des tours et qu'elle fait passer!... Dieu lui avait donné le génie de l'expression. (*Barbey à Trebutien*, 15 *mai* 1854.)

Les seules libertés que nous ayons prises par rapport au texte ont trait à l'orthographe et à la ponctuation. « Orthographe actuelle, ponctuation rationnelle ». Telle a été notre manière de voir et de faire; tel, le mot d'ordre donné à ceux qui nous ont aidé dans la tâche ingrate de la collation des manuscrits et de la correction des épreuves d'imprimerie. Et encore cela ne l'avons-nous osé qu'après de nombreuses hésitations. L'orthographe et la ponctuation ne sont-ils pas un peu comme le visage et l'allure de celui qui écrit ? Puis, il est si facile d'interpréter mal un texte par suite d'une mauvaise ponctuation ! Les corrections orthographiques risquent, elles aussi, de froisser ceux qui veulent que les éditions soient comme la reproduction photographique d'un manuscrit.

Ces considérations, qui ne manquent pas de valeur, n'ont pas suffi cependant à nous convaincre et à nous entraîner. Nous avons pensé, en effet, que notre édition n'était pas seulement destinée à une élite savante, mais encore à l'ensemble de ceux dont Eugénie et Maurice de Guérin n'ont cessé d'avoir les faveurs, à ce bon public français, lettré, juste appréciateur des bons et beaux ouvrages, en quête d'œuvres capables de l'élever et de le porter au bien et à la vertu. Il nous a semblé, dès lors, qu'il serait dérouté par les archaïsmes orthographiques et autres singularités qui l'étonneraient sans l'éclairer. Mieux valait les supprimer et rendre ainsi le texte d'une lecture agréable et facile. C'est donc ce que nous avons fait, imitant en cela ceux qui, dans ces dernières années, ont publié des fragments de l'œuvre guérinienne : MM. Abel Lefranc, Anatole Le Braz, Van Bever, Remy de Gourmont, François Laurentie... Comme eux, nous avons voulu que les écrits édités par nos soins deviennent une manne fortifiante, un livre de chevet, un ami que l'on consulte et dont on aime à voir le clair visage.

Voici pourtant, à titre d'indication, autant pour rassurer notre conscience d'éditeur que pour satisfaire la curiosité légitime des linguistes, quelques-unes des principales particularités orthographiques que présentent les manuscrits d'Eugénie de Guérin.

Il convient de noter d'abord que, assez fréquemment dans les premières lettres, puis de loin en loin dans les autres, apparaissent de véritables fautes. Elles proviennent quelquefois d'une connaissance imparfaite de la grammaire ou du lexique. Ce sont d'autres fois de simples distractions, des *lapsus calami* échappés dans le feu de la composition :

Mots mal orthographiés : *apparamment*, *appliquation*, *avanture*, *chisme*, *discution*, *galat*, *oeuil*, *semeine*, *sercle*...

Fautes d'accord : *quelques sommités bourgeoise*...

Méconnaissance de la fameuse règle des participes passés : *J'ai lue et relue ta lettre.....; Les inquiétudes que papa a conçu à ton égard.....; La nouvelle que tu m'as annoncé*...

Emploi de l'indicatif au lieu du subjonctif : *Quoique j'ai*...

Noms propres écrits d'une manière fantaisiste : *Adémar* (Adhémar), *Affrique* (Afrique), *Auger* (Augé), *Biron* (Byron), *Cossigni* (Cossigny), *Fontanille* (Fontanilles), *Henriete* (Henriette), *Hippolithe* (Hippolyte), *de Gouthes* (Gouttes), *Lamenais* (Lamennais), *Périot* (Périaux), *Pithagore* (Pythagore), *Rainaud* (Raynaud), *Rodchild* (Rothschild), *Walter Scot* (Scott), les *Cahuzagois* (Cahuzacois), les *Gailagois* (Gaillacois)...

Les écrits d'Eugénie de Guérin renferment, de plus, un certain nombre de formes archaïques et trahissent des habitudes de plume curieuses.

Parmi les formes nettement anciennes, telles qu'on en trouve chez les vieux auteurs et dans les livres du XVIIIe siècle qui constituaient le fond de la bibliothèque du Cayla, on peut citer :

Quelques substantifs et quelques formes de verbes : les *bleds*, *conte* (au lieu de compte), *confidance*, *galimathias*, *hazard*, *idile*, *stile; je vai*, *il fesait*, *tu les faits*...

Les pluriels des noms terminés par *ent* ou *ant* : *agrémens*, *amusemens*, *complimens*, *délassemens*, *enfans*, *momens*, *parens*, *savans*, *serpens*... La *Revue des Deux Mondes* en usait ainsi jusqu'à ces dernières années. On trouve aussi régulièrement *tems*, *printems*, *chams*...

Des noms de lieux : *Alby*, *Cramaux*, *Cahusac*, *L'Isle*, *Reyssac*...

Voici enfin les principales habitudes de plume d'Eugénie de Guérin :

Elle redouble souvent les consonnes dans l'intérieur des noms et des verbes : *achetter*, *appeller*, *appercevoir*, *attrapper*, *disputter*, *jetter*, *occupper*, *profitter*, *répetter*, *voullu*... *cammarade*, *cravattes*, *guittare*, *sourrire*.

D'autres fois, elle n'en met qu'une là où il en faudrait deux :

courier, homages, maraine, trufes, alons... Cette pratique est régulière dans les verbes en *onner*. Eugénie n'appuie pas sur les nasales, bien qu'elle soit méridionale : *doner, emprisoner, étoner, pardoner, sermoner, soner... aneaux, colone, maronier, patrone*...

Volontiers, elle unit en un seul mot certaines locutions conjonctives ou adverbiales : *aprésent, aumoins, dequoi, dumoins, dutout, parceque*.....

Elle en sépare d'autres, qui sont unies aujourd'hui, et écrit ordinairement : *bien tôt, bon jour, bon soir, long temps*, un *mal entendu, n'a guère, quelques fois, des sangs sues*.

Elle omet souvent l'apostrophe, le trait d'union, l'accent grave et l'accent circonflexe : *dabord, daccord, quil, quelle... ou* (adverbe), *fenetre, ame... dis moi, rappelle moi*.

Telles sont les principales remarques que nous avons faites sur le lexique et la grammaire d'Eugénie de Guérin, soit en lisant ses nombreux manuscrits, soit en les recopiant et en les publiant. Nous n'insisterons pas davantage. Il y aurait mauvaise grâce à le faire. Qu'il nous suffise de déclarer encore une fois qu'en adoptant l'orthographe actuelle nous avons eu seulement pour but de rendre service aux nombreux amis des Guérin et de leur faciliter la lecture des textes aimés.

C'est dans la même intention que nous avons établi des paragraphes là où il n'y en avait point. L'épistolière peu fortunée du Cayla n'en mettait presque aucun pour mieux remplir sa lettre et pour ne pas être obligée d'ajouter une feuille de plus, ce qui aurait augmenté les frais de port de ses envois si onéreux pour sa modeste bourse. Les paragraphes font pour ainsi dire circuler de l'air dans les textes, reposent la vue et satisfont l'esprit, quand ils sont rationnels.

Enfin, toujours en vue du lecteur, il nous a paru nécessaire d'ajouter des notes concises pour mieux éclairer ces pages. Rien n'est fastidieux comme de lire un texte déjà ancien, surtout un texte de correspondance, sans le moindre commentaire. On se heurte sans cesse à des personnages inconnus, à des habitudes qui ne sont plus les nôtres. Toute publication de correspondance exige, pour que sa lecture soit comprise et goûtée, que l'éditeur ait pris le soin de faire connaître ou de rappeler les circonstances dans lesquelles les lettres ont été écrites, la vie du destinataire, les faits historiques auxquels ils est fait allusion. Sans cela, le lecteur comprend mal ou même ne comprend pas du tout, il ne prend qu'un intérêt médiocre à ce qu'on lui présente. Tout éditeur doit être pour son lecteur non seulement un guide sûr qui répond par avance aux questions qu'il peut se poser, mais aussi un ami fidèle avec qui il fait bon marcher de compagnie.

***

Cet ami fidèle, ce guide sûr, voilà bien ce que nous nous sommes proposé d'être dans la publication que nous offrons au public.

Puisse ce recueil des *Lettres d'Eugénie de Guérin à son frère Maurice*, auquel nous avons apporté tout notre soin, être reçu avec autant de bienveillance et de faveur que les *Lettres à Louise de Bayne !* Puisse-t-il produire comme lui une œuvre de bien dans le monde !

E. Barthés,

Professeur au Grand Séminaire d'Albi.

P.-S. — Je ne saurais terminer cet Avant-propos *sans m'incliner respectueusement devant la tombe encore fraîche de* M. Edmond Estève, *professeur à la Faculté des Lettres de Paris. Il avait été mon maître à Poitiers et avait accepté d'enthousiasme de devenir le directeur d'études de cette thèse complémentaire. Il a emporté dans la mort les regrets unanimes de ceux qui l'ont connu.*

Je remercie vivement M. F. Gaiffe, *son successeur, d'avoir bien voulu le remplacer auprès de moi et de m'avoir accordé toute sa bienveillance.*

E. B.

SIGLES ET ABRÉVIATIONS

[*de*] = mot ajouté pour le sens ou parce qu'il a été emporté par la rupture du cachet.

[je dois] = mot ou passages supprimés par les éditeurs précédents.

T * oulouse *. Les mots et les passages entre astérisques sont raturés dans le manuscrit. Quand les passages sont importants, les astérisques se poursuivent au début de chaque ligne.

N. B. — On trouvera en note les variantes et les premières rédactions.

EUGÉNIE DE GUÉRIN

LETTRES A SON FRÈRE MAURICE

« De ma table à écrire, je vois le ciel et de temps en temps je le regarde et le consulte, et il me semble qu'un ange me dicte. D'où me peuvent venir, en effet, que d'en haut tant de choses tendres, élevées, douces, vraies, pures, dont mon cœur s'emplit quand je te parle ? Oui, Dieu me les donne, et je te les envoie. Puisse ma lettre te faire du bien ! »

(*Journal d'Eugénie*, 24 *mai* 1835.)

I

A Monsieur Maurice de Guérin.

Quoique je t'aie écrit depuis peu (1), je ne veux pas manquer l'occasion que m'en offre Armand d'Hutcau pour répondre à ta lettre du 21 de ce mois.

C'est avec le plus grand plaisir que je vois que tu es content et satisfait dans la nouvelle région que tu habites (2); pour la nôtre, nous y sommes aussi contents qu'on puisse l'être parmi les boues, la pluie et séparés de toi. Oui, quoique tu t'avises de nous faire des reproches, j'ose dire au Seigneur Nété (3), que nous nous occupons assez souvent de lui et que nous l'aimons assez pour être épargnés de sa foudre. Adieu, bonjour ou bonsoir, suivant l'heureux moment où tu pourras me lire.

Tu nous a laissés dépositaires de beaucoup de livres dont nous ne savons que faire; dis-nous dans ta première à qui ils appartiennent.

Si tu pouvais porter la vieille soutane (4) chaque jour pour l'user avant de faire une redingote, tu épargnerais cette dépense au moins pour cet hiver.

Dis-nous encore si tu as assez de bas et de chemises, parce que nous en avons que nous te ferions parvenir à la première commodité (5).

Lettre 1. — 30 octobre 1824. — Autographe inédit. Communiqué par Mme la baronne Edmond de Rivières.

(1) Cette lettre d'Eugénie ne s'est pas retrouvée. Elle était du 6 octobre et fut portée à Paris, en même temps qu'une lettre du père de Maurice, par Gaston de Cossigny, garde du corps.

(2) A Paris, au collège Stanislas. Maurice venait d'y rentrer au début d'octobre. Il y faisait la quatrième.

(3) Surnom familier donné à Maurice par ses sœurs.

(4) Maurice de Guérin avait été destiné par sa famille à l'état ecclésiastique. Il avait mis la soutane (avril 1822) à 12 ans, peu après sa rentrée au petit séminaire de Toulouse. C'était la règle dans cette maison. Mais, comme à Stanislas personne d'aussi jeune ne portait l'habit ecclésiastique, ses parents lui permirent de reprendre le costume civil.

(5) Le plus souvent possible, les Guérin se servaient d'occasions pour leurs correspondances. Ils n'étaient pas riches; une lettre pour Paris coûtait au moins un franc.

Adieu encore; si j'osais, je te dirais comme Henri IV : « Je t'aime à tort et à travers. »

E.

Au Cayla, le 30 8bre 1824.

[*P.-S. de Marie*]. Je n'ai qu'un instant, mon cher Maurice, pour t'écrire. J'aurais bien désiré le faire un peu plus longuement, mais le temps me manque et j'en suis bien contrariée, mais que dire à un Nété qui est à Paris, moi qui suis dans un désert, que (6) je l'aime bien et ne l'oublie pas ?

MARIE.

II

A Monsieur l'abbé de Guérin,
au Collège Stanislas, rue Notre-Dame-des-Champs, n° 34,
à Paris.

[Au Cayla, 27 janvier 1825.]

Quoique tes vœux, mon cher M., ne soient pas exprimés en vers, ils sont également bien reçus. Le cœur entend tous les langages, et l'amitié sourit à la prose, tout comme *aux vers harmonieux et élégants et aux expressions imitatives* qui lui peignent les sentiments qui lui sont adressés. Où as-tu pris des termes si gonflés ? Dis-moi tout simplement : « Je t'aime », et je serai contente. Tous les autres mots ne sont qu'une queue inutile. Ne crois pas, mon cher ami, que je sois de mauvaise humeur; ce n'est pas du tout cela. Mais, comme je suis enfant des champs et de la nature, j'aime à la trouver partout. Qui, moins que moi, voudrait donner un instant de peine à mon cher Nété dont le bonheur m'est plus cher que le mien ?

Que je suis ravie que tu l'aies trouvé, ce bonheur, à Paris ! et que ta santé (qui me donnait de l'inquiétude à cause du changement de climat) soit fleurie et ton cœur content ! Il paraît que vos

(6) Occitanisme qui se retrouve souvent sous la plume d'Eugénie de Guérin. Le *que* est mis pour *si ce n'est que*.

Lettre 2. — 27 janvier 1825. — Autographe inédit. Ces lignes sont un post-scriptum à une lettre de J. de Guérin qui porte comme indications postales : Gaillac (date illisible), P. 77. P., et le chiffre 18 manuscrit. J. de Guérin a ajouté sur l'adresse : n° 1.

promenades sont très agréables; du moins, tu les fais paraître telles par le récit charmant que tu m'en fais. Que tu sais bien sentir les belles choses que tu vois ! Je suis sûre qu'en voyant les invalides, ces colonnes usées de la patrie, ta pensée volait toute entière à ces champs où la mort les a par hasard épargnés. Voilà, mon cher ami, tout ce qui reste de la gloire : des souvenirs et des ruines. Qu'elle est bien plus durable celle qu'on acquiert à l'ombre du sanctuaire, et dans les champs du Seigneur, et... encore dans les temples des Muses, quand le poète, à l'exemple [*de*] David, anime les cordes de sa lyre du souffle de l'esprit de Dieu !

Tu me dis que je t'envoie mes vers. Je le ferai si je trouve quelque commodité, comme je l'ai fait de ceux que tu dois avoir reçus et dont tu ne me parles pas. J'ai, depuis, augmenté mes Œuvres d'une nouvelle idylle et d'un hymne à la Vierge (1). C'est pour les Jeux Floraux que je travaille; ma Muse a pris l'essor jusqu'à l'Académie. Nouvel Icare, je crains d'avoir volé trop haut, mais Erembert me donne beaucoup d'espoir. Du reste, *fiat voluntas Dei.*

Adieu, le papier me manque. J'ai commencé par des reproches, mais pardonne-les-moi, je finis par une embrassade.

E.

Voici l'adresse d'Erembert (2) : rue Boulbonne, n° 37. Pour plus grande sûreté : à l'Université. Fais parvenir tout de suite l'incluse à Victor (3), après y avoir mis l'adresse.

III

A Monsieur de Guérin, au Collège Stanislas,
à Paris.

[*De Marie de Guérin*]

Du Cayla, [11] avril [1825].

Je profite de cette occasion, mon cher ami, pour répondre à tes lettres. Tu te plains dans ta première de ce que ton étoile en naissant ne t'a pas fait poète (1). Je pourrais bien, avec plus de raison,

(1) L'hymne à la Vierge est intitulé : *L'enfant à Notre-Dame de la Drèche. Prière exaucée.*
(2) Erembert de Guérin faisait à Toulouse sa troisième année de Droit.
(3) Victor Mathieu, parent des Guérin, brigadier des gardes du corps du Roi, compagnie de Grammont. Il s'occupa beaucoup de Maurice pendant les premières années de son séjour à Paris.

Lettre 3. — 11 avril 1825. — Autographe inédit.

(1) Boileau, *Art poétique*, chant 1er, vers 4 : « *Si son astre en naissant ne l'a formé poète.* »

faire mes plaintes à Apollon, à l'exemple des bergers du roi Admète. J'aurais quelquefois envie de me faire bergère, peut-être alors daignerait-il m'instruire, car, autrement, j'ai beau l'invoquer, il est sourd à ma voix. J'en ai bien du regret, je t'assure; je crains bien que dans peu tu ne lises plus mes lettres. Après avoir vu les productions de la nouvelle *Corinne* (2), que pourrai-je te dire qui ne te fasse bâiller ? Aussi j'étais presque tentée de ne pas t'écrire, mais j'ai compté sur ta complaisance et alors je me suis déterminée.

Quoiqu'un auteur ait dit que les femmes ne mettent jamais ce qu'elles ont de plus cher à dire qu'à la fin, pour moi il n'en est pas ainsi. Je vais plus tôt t'entretenir de ce qui t'amuse avant que de te faire un petit reproche que tu mérites bien. Et d'ailleurs n'est-ce pas au fond du calice que se trouve la lie ? Mais rassure-toi, celui que je te prépare n'est pas bien amer. — Te parlerai-je de nos amusements ? Tu les connais, mon cher Maurice, tu les as partagés quelquefois au coin de notre feu à lire. Souvent nous parlons de toi : tout nous en fait souvenir, jusqu'à tes trois bêtes, ton chien, ton chat et tes lapins qui ont eu un affreux combat à soutenir contre un chien de chasse qu'on y avait enfermé et qui y fit un ravage aussi affreux que celui des Grecs dans la ville de *Troie*. (Heureusement il n'y resta pas longtemps !)

Dans ta dernière lettre (3), tu nous annonces *quatre* cheveux qui n'y ont pas été. Voilà bien une *nétade* (4). Je croyais bien que Paris t'avait donné du bon sens, mais j'ai bien vu par cela que tu étais toujours étourdi. Autre étourderie : M. Deltruel (5) est fâché de ce que tu ne lui as pas encore répondu à une lettre qu'il t'écrivit. Je t'exhorte à être un peu plus exact et surtout un peu plus prodigue.

J'allais finir ma lettre quand Erembert est arrivé sans être attendu (6). Il nous a beaucoup surpris, ainsi que M. Max qui l'accompagnait. Nous avons été ensemble à Clairac (7) où nous avons vu M. de Sainte-Colombe qui a eu un bras emporté à la guerre d'Espagne (8), ce qui le fait beaucoup souffrir. Malgré cela, il est d'une gaîté étonnante et plaisante continuellement. En notre honneur, il mit son grand costume qui est orné de cinq décorations. Je suis

(2) On devine aisément qu'il s'agit d'Eugénie.

(3) Celle du 10 mars. On la trouvera dans le recueil des Œuvres de Maurice.

(4) « Etourderie ». Marie se montre d'une sévérité excessive pour une simple distraction.

(5) Curé d'Andillac (4 juillet 1824-janvier 1827).

(6) Il vint passer au Cayla les vacances de Pâques en compagnie de son ami Max de Tonnac.

(7) Château situé à 5 kilomètres environ de Cordes, commune d'Amarens. Voir pour sa description *Lettres d'Eugénie de Guérin à Louise de Bayne*, II, p. 31, note 9. Au commencement du XIXe siècle, il était habité par la famille Genton de Villefranche.

(8) La France était intervenue en Espagne (mars-septembre 1823) pour la délivrance de Ferdinand VII, prisonnier des libéraux.

persuadée qu'il en échangerait bien quelques-unes avec son bras, mais y a-t-il quelqu'un d'heureux en ce monde ?...

Adieu, mon cher Maurice. Je te quitte en te priant de me croire toujours ta bonne

MARIE.

[*D'Eugénie*]

Tu voudras bien pour cette fois me pardonner, mon cher Maurice, d'employer si peu de papier pour t'écrire, mais j'ai été occupée toute la journée. Il est déjà dix heures du soir, et mes yeux sont tellement fatigués que je vois à peine les lignes que je t'écris. Tu remettras à M. Raynaud (9) le paquet qui est à son adresse. Il contient de nouvelles pièces que je viens de faire. Tu me diras ce qu'en pense notre cousin. Il va les trouver bien griffonnées; plusieurs ne sont qu'une première copie. Tu connais mon écriture, tu l'aideras à les lire. Veuille m'en dire ta façon de penser et si tu as toi-même composé quelque chose. Tu sais quel plaisir j'éprouverais si je recevais quelque petit ouvrage de ta part.

Tu auras fait, je pense, ta première communion (10) quand tu recevras ma lettre; tu vas devenir dévot comme un ange. Comme j'ai prié Dieu pour toi, mon cher ami, pendant cette semaine ! Si mes prières peuvent quelque chose, le ciel t'aura accordé bien des grâces. Adieu. Aime-moi toujours et ne m'oublie pas dans ta prochaine communion. Adieu encore. Envoie-moi par commodité un petit crucifix en ébène pour porter au cou. Tu lui feras un baiser. Ce sera de toi un souvenir que je conserverai toujours.

Nous sommes allées à Graulhet (11) où nous avons été très bien reçues. M. Corbière a donné une jolie bonbonnière en cristal à Mimi.

E.

Je ne puis pas t'en dire davantage.

(9) Parent et correspondant de Maurice à Paris. Ancien professeur à Stanislas. Il sera souvent question de lui. Depuis 1825 jusqu'en 1830, il accepte d'être l'obligeant correcteur des essais poétiques d'Eugénie.

(10) Maurice devait faire, en effet, sa première communion le second dimanche après Pâques. Mais, par suite d'une indisposition de M. Augé, directeur de Stanislas, la cérémonie fut retardée d'abord jusqu'au 1er mai, puis jusqu'au jour de l'Ascension (28 mai.)

(11) Chef-lieu de canton du département du Tarn, Marie et Eugénie étaient allées chez le baron Corbière, parrain de Marie. Le baron Corbière, juge à la Cour de Cassation sous l'Empire, avait été déposé sous la seconde Restauration et vivait retiré à Graulhet, sa ville natale. Il fut rappelé par Louis-Philippe au parquet de Toulouse.

Il convient d'ajouter qu'Eugénie et Marie de Guérin avaient, à Graulhet, une de leurs tantes maternelles, Mme Jean-Pierre Vayssière, née Marie-Marguerite Fontanilles.

IV

Ce 29 septembre 1825.

Je devrais bien, mon cher Maurice, commencer par des reproches qui certainement te sont dûs (1), mais, malgré la bonne envie que j'en aie, mon cœur l'emporte et je cède aisément au plaisir de t'offrir mille et mille félicitations des succès que tu as eus cette année (2). Quelle douce jouissance pour moi de savoir que tes maîtres et toi êtes contents l'un de l'autre, et que ta bonne conduite te mérite les faveurs du ciel et de la terre ! C'est ce que j'espère tous les jours pour toi.

Mais ta sœur, pauvre campagnarde, qui viendra la dénicher dans son désert ? On dit que nous nous ressemblons, mais nos étoiles ne se ressemblent pas. Tu es accablé de prix et de couronnes, et moi, qui me serais contentée d'une, j'ai vu d'autres me l'enlever. Tu sais que j'avais adressé à l'Académie des Jeux Floraux quelques pièces de vers que d'avance on avait couronnées; mais parvenues au Parnasse, de puissants rivaux l'ont emporté sur moi. Le rapporteur a pourtant trouvé mes pièces assez bonnes (3). Mais je n'avais pas de *protecteur*. Je te fais passer pour remettre à Victor une de celles que j'avais envoyées à l'Académie. Dis-moi ce que tu as fait d'une troupe de pièces que je t'envoyai [par une commodité] à peu près un mois après Pâques pour remettre à Auguste Raynaud (4). Dis-moi dans ta prochaine lettre si tu les a reçues.

Tu nous parles des belles fêtes de S[*aint*]-Germain (5) et des plaisirs que Victor t'a procurés ces vacances. Avec quelle jouissance tu dois les avoir goûtés, puisque c'était un délassement accordé en

Lettre 4. — 29 septembre 1825. — Lettre publiée par *la Quinzaine*, Tome II, p. 139. Année 1894. Elle se trouve dans le manuscrit Trebutien conservé à Saint-Sauveur-le-Vicomte.

(1) Comme on le verra par la suite, on reprochait à Maurice de ne pas écrire assez souvent et de le faire trop brièvement. Eugénie, en particulier, était *courroucée* à cette époque contre lui parce que depuis quelque temps il ne lui répondait pas directement, Cf. Lettre de Joseph de Guérin à Maurice, 11 août 1825.

(2) Au concours général et dans ses classes. A Stanislas, Maurice avait obtenu le second prix d'excellence, le premier prix de vers, le second d'histoire et un accessit en version latine.

(3) Les archives des Jeux Floraux ne possédant pas le dossier de 1825, il n'est guère facile de connaître le titre des poésies présentées. D'autre part, le rapport sur le concours de cette même année ne fait pas allusion à Eugénie de Guérin. Il est donc probable que les félicitations du « rapporteur » ont été simplement orales et de pure convenance.

(4) Voir la lettre précédente.

(5) Il est question ici de la fête des Loges, fête champêtre qui se tient chaque année encore, au mois d'août, au centre de la forêt de Saint-Germain.

faveur de ton application par ton nouveau *père* (je veux dire Victor). Il nous dit que, dans les premiers jours, il t'appelait son enfant. Je pense que plus d'une fois vous avez trahi votre déguisement.

Tu sauras que je viens de faire une course d'un mois et demi dans le Quercy où j'avais été voir Mme Lafosse (6). De là, je suis allée chez Mme Lagardelle (7), et enfin j'ai poussé jusqu'à Montauban où j'ai vu de fort belles choses. Mais semblable au rat de La Fontaine, et n'étant comme lui jamais sortie de mon trou, les moindres taupinées me semblaient des montagnes (8).

Je suis enfin arrivée aux reproches. Comment es-tu si négligent de rester trois grands mois sans donner signe de vie, tandis que nous t'avions écrit lettres sur lettres ? Tu sais tout le plaisir qu'elles nous font, comment peux-tu avoir la cruauté de nous en priver ? Ne passe jamais un mois sans nous écrire.

[Souviens-toi de me dire dans ta prochaine si tu as encore assez de linge. Je pense que ta provision de bas doit être bien mince. Sache nous le dire et nous t'en enverrons.]

On nous avait fait espérer ton entretien (9). Si tu te montrais bon élève, sans doute qu'on te l'accorderait.

T'es-tu occupé de quelque petit ouvrage, comme tu faisais à Toulouse (10), ou bien es-tu devenu paresseux ? Je suis autorisée à le croire puisque tu n'as jamais répondu à cette question. Cependant tu ne saurais croire quel avantage cela serait pour te faciliter le moyen d'écrire et de développer tes idées. Si tu as fait quelques petits essais, profite de la première commodité pour me les faire passer. Ce sera un rendu, tu en auras autant de ma part. Je t'en aurais fait passer cette fois-ci, mais, comme tu ne m'as dit mot de celles que tu as reçues, j'ai pensé que c'était apparemment pour toi une chose fort peu agréable.

Encore un petit reproche. Tu nous écris de *Paris* et tu oses faire des marges à tes lettres, encore les lignes sont-elles larges comme des sillons. C'est une chose que je ne puis pas te passer et que toutes les personnes qui voient tes lettres ont remarquée, ainsi que tes grands égards pour les virgules que tu dois beaucoup ménager, puisque tu ne les emploies jamais.

(6) Mme Louis Lafosse, née Julie Martin de Bellerive, habitait Espinas (Tarn-et-Garonne). Son mari était le parrain d'Erembert.

(7) Mme de Lagardelle, née Rosine-Madeleine-Hélène de Roquefeuil en 1773, mariée à Honoré de Lagardelle en 1803, morte en 1859. Elle habitait Caylus.

(8) La Fontaine, l. VIII, f. 9, *Le rat et l'huître* : « La moindre taupinée était mont à ses yeux. »

(9) L'*Œuvre du* 29 *septembre* 1820, destinée à procurer aux enfants des familles nobles pauvres le moyen d'arriver au sacerdoce, favorisait déjà Maurice d'une bourse. Mais J. de Guérin espérait mieux.

(10) On connaît malheureusement peu de ces essais. Il en est pourtant un de célèbre : *Les bruits de la nature*, qui révèle la précocité du talent.

Adieu, cher Maurice. Tu vas me trouver un grognon, mais c'est mon amitié qui parle et ta sœur qui t'embrasse.

EUGÉNIE.

Mimi (11) et Erembert ne t'écrivent pas; ils sont partis hier pour Clairac.

V

Monsieur de Guérin,
au Collège Stanislas, rue Notre-Dame-des-Champs, n° 34,
à Paris.

5 mars 1827.

On m'annonce une commodité (1) pour Paris. Quel bonheur ! Je prends à l'instant une grande feuille de papier, et je vais me mettre à griffonner jusqu'à ce qu'elle soit remplie. Ce sera bien long, il est vrai, pour toi. Passe si c'était long et beau, mais on n'en fait guère, du beau, au Cayla. On n'y en voit pas non plus davantage. Ainsi, tu vois que je ne puis te parler que de la pluie et du beau temps. Oh ! l'intéressante nouvelle ! vas-tu me dire; ne peux-tu me parler d'autre chose ? Oui, je conviens que, depuis plus d'un mois que je ne t'ai pas écrit, je pourrais trouver de quoi parler, parler, etc. Une dame (2) trouvait bien le moyen d'écrire presque chaque jour des lettres charmantes à sa fille, et moi je ne saurais pas en écrire une chaque mois à mon frère ! Si... Je saurais tant bien que mal, et j'emplirais, je crois, un in-folio si je voulais te dire tout ce que nous disons de toi chaque jour.

Tiens, avant-hier, j'ai eu avec les dames de Clairac une longue conversation qui enfin a roulé sur toi. Nous avons rappelé tes gambades sur le sopha du salon. Tu sais comme cela faisait rire Mlle Caroline (3). Mlle Julie (4) m'a rappelé l'aventure de la feuille de chou;

(11) Nom familier de Marie que l'on appelait encore Mimin.

Lettre 5. — Autographe inédit. — 5 mars 1827.

(1) M. l'abbé Grasset, originaire de Gaillac.

(2) Mme de Sévigné. Il est curieux de noter qu'Eugénie ne désigne pas plus explicitement son illustre devancière.

(3) Caroline de Boisset, fille d'Henriette de Villefranche et de Jean-Baptiste-Charles de Boisset. Elle épousa François de Grandcœur, d'Auch.

(4) Julie de Perrodil, fille de Marie-Alphonse Gros-de-Perrodil et de Catherine-Louise Genton de Villefranche.

on ne te coiffe pas ainsi à Paris. Tu vois que tes anciens amis pensent à toi. En fais-tu de même à leur égard ? Je me permets d'en

Adieu, cher Maurice. Tu vas me trouver un grognon, mais c'est mon amitié qui parle et ta sœur qui t'embrasse.

on ne te coiffe pas ainsi à Paris. Tu vois que tes anciens amis pensent à toi. En fais-tu de même à leur égard ? Je me permets d'en

Adieu, cher Maurice. Tu vas me trouver un grognon, mais c'est mon amitié qui parle et ta sœur qui t'embrasse.

on ne te coiffe pas ainsi à Paris. Tu vois que tes anciens amis pensent à toi. En fais-tu de même à leur égard ? Je me permets d'en douter. Du moins, si tu t'en occupes, tu n'en parles pas souvent. Je serai bien aise de voir dans ta première lettre un souvenir pour Clairac. Tu peux croire que ces bons voisins en seraient enchantés.

A propos de voisins, je ne t'ai peut-être pas encore parlé d'une nouvelle voisine et cousine, Mme d'Adhémar (5). Nous la voyons quelquefois, et chaque fois que je la vois je l'aime davantage. Elle est toute belle, toute aimable; c'est une petite grâce, car elle est fort petite. Mais, ce qui vaut encore mieux, elle est toute bonne. Aussi a-t-elle su se faire aimer de toute la société de Cahuzac.

Il y eut dans cette grande cité un grand gala que donna ma tante (6) les derniers jours du carnaval. Nous nous trouvâmes là parmi des dames, des curés, des avocats, des médecins qui s'amusèrent tous avec les cartes et nous laissèrent nous ennuyer. J'avoue que je ne les trouvai aimables qu'au moment où ils me demandèrent de tes nouvelles. Il faut cependant en excepter M. Robert (7) qui le fut toujours, et qui, de temps en temps, quittait les cartes pour me parler des Muses. Il me parla aussi beaucoup de toi, de ton embonpoint, de ta fraîcheur. « Il a donc, lui dis-je, la mine d'un chanoine. — Il est fort sage, m'a-t-il répondu. — C'est tout ce que je désire. » Et je n'ai plus rien demandé. Tu vois que je te fais part de toutes nos petites aventures.

Je voudrais bien que tu en fisses de même, et tu le peux, si tu le veux. Un habitant de Paris voit toujours quelque chose de plus joli que des thèmes et des versions. Il est ici, il est là; on voit des gens, on voit des bêtes, etc. On mange des dindes truffées, et certainement il y a bien là de quoi remplir une page de papier. Eh quoi !

Un tel sur une *puce* a fait un long poème.

Je ne t'en demande pas tant, mais au moins deux mots pour nous faire savoir si tu en as bien fait la digestion (de la dinde). Les truffes (8) et les bêtes du Cayla sont-elles bonnes ? Victor les a trouvées délicieuses, mais il le répète tant et tant de fois que nous le prenons pour des compliments (9). Toi, qui ne dois pas en faire, dis-nous la vérité. Nous voulions bien, Mimi et moi, joindre quelques gim-

(5) Marie-Suzanne-Françoise-Zoé d'Albenas avait épousé, le 9 juin 1826, Jean-Victor d'Adhémar de Lantagnac, qui habitait Cahuzac. La famille d'Adhémar était alliée avec les Guérin par les Verdun.

(6) Mme Arnail, née Louise-Henriette de Verdun.

(7) Ami de la famille. Il arrivait de Paris où il avait vu Maurice.

(8) Jusqu'à ces dernières années, on trouvait des truffes dans les environs du Cayla.

(9) Victor Mathieu, dans sa lettre du 7 février à J. de Guérin, ne tarit pas d'éloges au sujet de cette dinde qu'il mangea avec un officier supérieur de sa compagnie. « Nous l'avons trouvée parfaite, délicieuse, et je t'en fais, c'est-à-dire vous en fais, mon remerciement, car je présume bien que les coucouroucounes [*Eugénie et Marie*] y avaient mis la main pour la conditionner dans le bel état où je l'ai reçue. »

blettes (10) d'Albi aux truffes du Cayla, mais trois pieds de neige ont retardé nos courriers. Ce sera pour une autre fois, pourvu cependant que les gâteaux ne soient pas, comme mes vers, des pièces de contrebande. Tu sais, je pense, le désagrément que ces malheureux vers allaient causer (11).

Puisque j'ai parlé de vers, dis-moi si tu continues d'en faire; tu ne m'en as plus parlé depuis que tu m'annonças qu'un beau feu poétique t'avait enflammé tout à coup. J'ai la plus grande envie de connaître tes œuvres, et, puisque je te fais connaître les miennes, tu devrais en faire autant. De quelle manière t'occupes-tu de poésie ? Est-ce une occupation ou un amusement ? Quoi qu'il en soit, c'est toujours un temps perdu et un triste amusement. Si on ne l'aimait pas plus que moi, on ne verrait pas tant de gens qui tout gaîment prennent le nom de poète. Pour moi, ce nom me pèse, me pèse ! Je le porte bien malgré moi. Je ne confie cela qu'à toi seul, n'en parle pas à M. Raynaud. Il ne serait pas bien aise de voir que j'ai de l'éloignement pour une occupation qu'il tâche de me rendre si facile. Je ferai tous mes efforts pour répondre aux soins qu'il veut bien me donner et pour contenter papa qui serait très contrarié si je renonçais à la poésie. M. Raynaud attend sans doute tous les jours l'*Epître au Roi*. Qu'elle est encore loin ! Je ne l'ai pas seulement commencée (12). Si tu savais comme il m'en coûte de me mettre à l'ouvrage ! J'aimerais autant faire dix lieues que dix vers. Cependant papa me tracasse sans cesse au sujet de cette fameuse épître... [*Sept mots raturés, absolument illisibles*]. Si je devais la suivre à Paris....., oh ! je l'aurais faite demain matin, et je me tiendrais plus heureuse que le Roi en te disant bon jour.

Mais laissons là ces belles illusions et parlons de bas. Nous t'en envoyons deux paires en fil seulement pour savoir s'ils te conviennent. Essaie-les et dis-nous au plus tôt si tu en veux d'autres de cette qualité. Si tu ne me réponds pas bientôt, je me fâcherai tout de bon, mais tu me préviendras, j'espère, par une longue, longue lettre comme la mienne. Tu vas la commencer, n'est-ce pas ? Et moi je vais finir en t'embrassant de bien bon cœur. Adieu.

E.

Mes souvenirs à M. Raynaud.

Mimi te fait mille amitiés. Demande dans ta première [*lettre*] les chemises et les cravates dont tu m'as parlé.

(10) Petits gâteaux en forme de couronne, une des spécialités d'Albi.

(11) Fidèle à la recommandation de M. Raynaud, Eugénie avait mis une de ses lettres et plusieurs poésies dans le paquet renfermant deux dindes truffées, ce qui était interdit par le règlement de la poste. Heureusement, et par le plus grand des hasards, la caisse, à son arrivée à Paris, fut ouverte en l'absence des inspecteurs.

(12) En septembre 1826. Auguste Raynaud avait proposé à Eugénie comme sujet de poésie, une épître à Charles X. Le projet fut accepté d'enthousiasme et Eugénie se mit à l'œuvre. Néanmoins la pièce, bien que plusieurs fois remaniée, ne parut pas assez parfaite pour être envoyée au Roi.

VI

Monsieur Maurice de Guérin,
au Collège Stanislas, rue Notre-Dame-des-Champs, n° 34,
à Paris.

21 janvier 1828.

Je ne t'écris pas d'aujourd'hui, mon cher ami, aussi longuement que je le voudrais parce que le temps me manque. Je prends même une heure sur mon sommeil (car il est onze heures du soir) pour causer avec toi. Il y a bien longtemps que je ne t'avais écrit. Ce n'est pas que je t'aie oublié : j'attendais le départ de Victor (1) pour le charger de ma lettre. Nous avons passé chez lui, à Albi, un mois fort agréablement. Il te parlera de nos courses à Saint-Juéry (2), et de notre visite au clocher de Sainte-Cécile (3). Tu ne devinerais pas ce qui m'y faisait monter ! Il faisait ce jour-là le plus beau temps du monde; je me munis d'une lunette d'approche et j'espérais de là voir Paris et toi aussi peut-être... Mais j'eus beau tourner et retourner la lunette, j'aperçus à peine Gaillac. Pardonne cette nigaudise (4) à quelqu'un qui [*n'a*] jamais vu que le Cayla.

Toi qui vois tant de choses et qui les vois si bien, d'où vient que tu nous écris si rarement ? Voilà déjà trois mois, que tu n'as donné signe de vie. Papa t'a grondé, je crois, sur ton silence. Je te dois aussi ma part de reproches. J'attends depuis longtemps une lettre que tu m'as promise (5). J'y tiens d'autant plus que tu me promettais de me dire beaucoup de choses. Tu sais l'intérêt que je prends à tout ce qui vient de toi, et combien j'aime à te voir verser ton cœur

Lettre 6. — 21 janvier 1828. — Autographe. Lettre publiée dans *la Quinzaine*, 1894, Tome II, p. 141. Se trouve en copie dans le manuscrit Trebutien de Saint-Sauveur-le-Vicomte.

(1) Victor Mathieu venait de prendre un congé de quatre mois dans sa famille. Eugénie et Marie avaient passé plusieurs semaines en sa compagnie.

(2) Bourg important situé à quelques kilomètres d'Albi, sur le Tarn qui coulait resserré et encaissé entre deux escarpements de rochers (le Saut de Sabô). Le site pittoresque attirait bon nombre de visiteurs. Il a été défiguré depuis plusieurs années par les usines du Saut-du-Tarn qui ont fait de Saint-Juéry un centre industriel.

(3) Le clocher de Sainte-Cécile d'Albi, véritable donjon, dresse sa plate-forme supérieure à plus de 78 mètres du sol. La vue dont on y jouit est belle et étendue.

(4) « Cette bêtise ».

(5) Une lettre secrète.

dans le mien. Je ne crois pas t'avoir donné lieu de t'en plaindre. Ne me prive donc pas, mon cher ami, de tes confidences. Ce n'est pas par curiosité, tu le sais. C'est pour te soulager si tu as des peines, te donner mon avis si tu le veux, enfin pour pouvoir me dire : « Maurice m'ouvre son cœur. » J'ai été bien contente de toi dans la lettre où tu faisais part à papa de ton changement (6). Il en a été aussi enchanté. On ne peut parler avec plus de franchise et de sagesse. Voilà comme il te faudrait toujours faire. Tu connais papa; il aime qu'on lui parle à cœur ouvert, surtout qu'on fasse des *réfexions* (7). Eh bien ! dis-lui quelque mot qui le touche; que tu sens tout ce qu'il a fait pour ses enfants, que tu t'occupes souvent de ton avenir, etc..., et beaucoup d'autres choses que ton cœur te dictera. Papa aime cela.

Je te dirai franchement que ton long silence l'a fâché. Pas un mot, même au premier de l'an ! Il s'en plaint tous les jours avec nous. Et que pouvons-nous dire pour t'excuser ? Que tes lettres se sont apparemment perdues en route. Nous n'osons pas, je t'assure, dire depuis quand nous avons eu de tes nouvelles aux personnes qui nous en demandent. Je t'en prie, mon cher ami, ne sois pas si négligeant; souviens-toi quelquefois de nous et de ton père qui t'aime tant. Il ne sait pas que je t'écris tout ceci; il est allé à Albi faire ses adieux à Victor. Ainsi, ne crains pas qu'il se doute que c'est à ma recommandation que tu lui écris plus souvent (8).

Nous t'envoyons pour nos étrennes, faute d'avoir quelque chose de mieux à t'offrir, un pâté de foie d'oies. Il ne sera peut-être pas en très bon état en arrivant à Paris à cause d'un accident qui lui

(6) La lettre par laquelle Maurice faisait part à son père de son changement de vocation était du 18 novembre 1827. Malheureusement, elle semble définitivement perdue. On possède, par contre, celle que son père lui envoya le 21 novembre 1827, lorsqu'il apprit, par Victor Mathieu, cette nouvelle qui le frappait au cœur. Nous en extrayons les lignes suivantes. Quand elles furent écrites, M. de Guérin n'avait rien reçu de Maurice.

« Ne crains pas de me tout dire. Ne sais-tu pas l'amitié que j'ai pour toi ? Pourrais-tu penser qu'elle ne fût plus la même parce que tu ne veux plus être prêtre ? Non, mon ami. Quelque pénible que me soit ce changement, je ne t'en aime pas moins. Ne cesse pas d'être religieux par sentiment et par pratique, et mon cœur n'en sera pas moins le même pour toi. — Je ne reviendrai pas sur tout ce que je t'ai dit... J'ose croire que ton attention se sera arrêtée et que tu auras au moins réfléchi sur l'avenir que je cherche à te faire connaître. J'ose même croire que tu y réfléchiras encore et que le fruit de tes réflexions, les prières de tes sœurs et les miennes t'arrêteront à un résultat heureux pour le temps, et l'éternité que je désire que tu ne perdes pas de vue.

Adieu, mon ami; c'est avec ces sentiments que tu me trouveras ainsi que tes sœurs, en attendant le moment heureux où je pourrais te presser sur mon cœur. »

(7) L'exigence de J. de Guérin pour les *réflexions*, c'est-à-dire pour les longues confidences, explique en partie l'habitude que prit Maurice d'analyser ses états d'âme. Il le fit tout d'abord avec une certaine gaucherie, comme un bon élève de Rhétorique ou de Philosophie. Mais peu à peu, son naturel aidant, il se forma et devint maître dans cet art délicat de l'analyse psychologique.

(8) Le silence du jeune étudiant s'explique par l'embarras dans lequel il était de revenir sur la question de sa vocation et de son avenir. Maurice s'empressa de tenir compte du désir de sa sœur. Une de ses lettres parvint au Cayla le 5 février suivant.

est arrivé en le tirant du four; mais les morceaux seront toujours bons. Si M. Raynaud veut en goûter, je t'engage à lui en faire part. Rappelle-moi à son souvenir, et dis-lui que, si le pâté n'est pas accompagné de poésie, c'est que j'ai abandonné l'un pour l'autre. Nous sommes arrivées seulement de Gaillac deux jours avant le départ de Victor. A peine avons-nous eu le temps de nous reposer ou d'arranger ce que nous voulions envoyer à Paris. Je n'ai pu copier que le *Souvenir de l'enfance* que je ne crois pas avoir jamais envoyé tel qu'il est. Je te prie de remettre cette pièce à M. Raynaud. Je le prie de me dire si je dois l'envoyer aux Jeux Floraux, avec les pièces qu'il connaît (9). Elles ne furent pas remises l'an dernier.

Adieu, mon cher ami, je t'ai dit bien des choses au courant de la plume. Fais-en de même à mon égard. Adieu encore; crois-moi toujours ta meilleure amie.

EUGÉNIE.

Tu trouveras ci-joint une lettre pour M. Augé (10). Je n'ai pas mis l'adresse que je ne connais pas. Papa n'a pas eu le temps de l'écrire ni de la signer. Demande à M. Raynaud si tu peux la remettre.

VII

Monsieur de Guérin (Maurice),
au Collège Stanislas, rue Notre-Dame-des-Champs, n° 34,
à Paris.

Au Cayla, 6 août 1828.

En attendant les lettres que tu m'annonces, je viens, mon cher Maurice, répondre à ta dernière et te faire part des causes de notre silence. Je crois d'abord que tu te trompes quand tu dis n'avoir pas reçu de nos lettres depuis le mois de mars. Jamais papa n'a resté (1) si longtemps sans t'écrire. Tu dois avoir reçu pendant ce temps au moins une de ses lettres. S'il n'a pas été très exact à te répondre,

(9) Quelle fut la réponse de Raynaud ? Nous l'ignorons. En réalité, rien n'a été envoyé aux Jeux Floraux par Eugénie cette année-là.
(10) Directeur du Collège Stanislas.

Lettre 7. — 6 août 1828. — Autographe inédit. La lettre porte les cachets du 7 août 1828; du 11 Août 1828; 77. Alby, et le signe du paiement.

(1) Incorrection fréquente sous la plume d'Eugénie. Elle est dûe au languedocien. On dit : *abé demourat*.

c'est que depuis quelques mois il est souffrant, comme tu le sais (2). Il ne t'oublie pas, ni nous non plus. Ne t'alarme pas s'il ne te répond pas encore de cette fois. Comme il n'est pas parfaitement rétabli, j'ai craint que l'application le fatigue, et je me suis chargée volontiers du plaisir de t'écrire.

Tu nous annonces une nouvelle bien agréable, l'arrivée de M. Raynaud. Je n'ai pas besoin de te dire avec quel plaisir nous reverrons cet excellent ami, ton second père, comme tu l'appelles. Pourquoi va-t-il passer à Marseille ? Nous le verrons bien plus tard. Ne sait-il pas, d'ailleurs, qu'il règne à Marseille une maladie contagieuse qui a enlevé dans le mois dernier quatre cents personnes (3) ? Je te prie de le lui dire, s'il en est temps; car je crains qu'il soit parti quand tu recevras ma lettre. J'espère, comme tu le dis, qu'il tranquillisera papa sur ton compte. Ne sois pas, du reste, étonné des inquiétudes qu'il a conçues à ton égard. Tu sais combien tout ce qui nous touche affecte vivement papa. Il voit dans un bulletin des notes de la main de M. Augé qui l'alarment (4). D'un autre côté, il se voit privé, tu dois savoir pourquoi, de l'espoir qu'il avait de te faire venir cette année (5). Tout cela l'a jeté dans les inquiétudes dont il faisait part à M. Raynaud. Mais tout s'éclaircira bientôt. Je voudrais pouvoir me consoler de même du chagrin bien vif que je ressens de ne pas te voir aussi arriver. Encore un an !... Ne t'affliges pas trop, mon pauvre Maurice. Nous resterons l'an prochain plus longtemps ensemble que nous n'aurions fait cette année.

J'espère que tes succès au concours te consoleront un peu de cette privation. Au reste, quels que soient tes succès, ne sois pas aussi longtemps que l'an dernier à nous en instruire (6). Je t'annonce pour la rentrée *un pays*, le fils de M. de Corneillan, de Salvagnac (7). Il était

(2) Une longue maladie qui tint J. de Guérin pendant plusieurs mois (mai-août) ne lui permettait presque pas d'écrire. (Lettre de Joseph de Guérin à Maurice, 10 septembre 1828.)

(3) *L'Ami de la Religion et du Roi* signale que, du 1er au 25 juillet, il mourut à Marseille 718 personnes dont plus de la moitié étaient des enfants qui n'étaient pas vaccinés. La maladie était une petite vérole que l'on prit tout d'abord pour la peste.

(4) M. Augé se plaignait du peu de piété de Maurice et de sa froideur pour tout ce qui concernait les devoirs religieux. On comprend combien cette nouvelle fit de la peine à M. de Guérin qui avait écrit à son fils le 20 janvier 1828 cette parole inspirée d'un grand sentiment chrétien : « Quelque grande amitié que j'aie pour toi, *et Dieu sait que je dis vrai*, je préférerais apprendre ta mort pourvu qu'elle eût été chrétienne que de te revoir sans religion. »

(5) Plusieurs raisons contribuèrent à cette décision. D'une part, Maurice n'avait pas terminé ses humanités, et il lui restait l'examen à préparer pour l'année suivante. De l'autre, il ne pouvait séjourner au Cayla que cinq semaines, ce que l'on estimait trop peu pour compenser les dépenses nécessitées par le voyage. Mais on craignait, par-dessus tout, que M. Augé n'en prît prétexte pour retirer les gratifications qu'il accordait.

(6) Maurice remporta-t-il en 1828, quelque succès au concours général ? Nous l'ignorons. Nous savons seulement que son nom fut plusieurs fois prononcé à la distribution des prix du Collège Stanislas.

(7) Charles-Louis-Elisée Imbert-de-Corneillan, né en 1811, fils du comte Imbert-de-Corneillan, propriétaire à Saint-Urcisse, canton de Salvagnac (Tarn).

L'opinion rapportée ci-après sur le Collège Stanislas était certainement celle

à Bordeaux, chez les Jésuites, et c'est d'après leurs conseils que son père l'envoie au Collège Stanislas qu'ils disent être le meilleur collège de France. Cela a fait grand plaisir à papa. Il t'engage à te lier avec le jeune Corneillan. Cette liaison ne peut que t'être avantageuse.

Nous acceptons ton augure en faveur des Gascons (8). Tu n'as pas eu jusqu'ici à te plaindre de la fortune. Il faut espérer qu'il en sera de même pour l'avenir. Attendons tout du temps et des circonstances. Je n'attends cependant jamais pour toi un sort aussi brillant que celui des compatriotes dont tu me parles, mais je serais bien contente si tu pouvais un jour vivre auprès de ta famille.

Où iras-tu passer tes vacances ? Tu ne peux plus aller à Saint-Germain. Donne-nous des nouvelles de la famille de ce pauvre colonel (9). Victor nous a écrit que ses enfants s'étaient logés près du collège pour être à portée de te voir plus souvent. Cela nous a fait encore aimer davantage ces bons amis de notre cher Maurice.

Vois-tu souvent Victor ? Embrasse-le pour nous quand tu le verras. Tu peux lui donner de bonnes nouvelles de sa famille. Nous avons aujourd'hui son f[*rère*] (10) chez nous. Il te fait ses amitiés, ainsi que l'[*abbé*] Jamme, ton ancien précepteur (11). Mon oncle Albenque (12) est toujours dans le même état. Il nous parle de toi avec beaucoup d'intérêt. Tu ferais bien de mettre un mot de souvenir pour lui et les siens dans tes lettres.

Adieu, mon cher ami; Erembert et Mimi t'embrassent. Papa t'aime toujours. Je te le répète, ne t'inquiète pas sur son compte. Sa santé se rétablit tous les jours. L'asthme est une maladie très souffrante, mais pas dangereuse. Adieu encore. Je t'embrasse et t'aime de tout mon cœur.

EUGÉNIE.

de tous les Jésuites. L'année précédente, Joseph de Guérin avait reçu de plusieurs d'entre eux la même attestation :

« Les missionnaires Guyon et Petit, que j'ai entendus l'an passé à Albi et desquels j'ai été aussi entendu, me dirent que cet établissement était ce qu'il y avait de mieux dans la capitale, surtout sous les rapports religieux. S'il restait quelque chose à craindre ce n'était que du mélange des élèves qui ne se destinaient pas à être prêtres. » (*Joseph de Guérin à Maurice*, 5 *déc.* 1827.)

(8) Maurice avait prétendu prouver par les exemples de Mgr de Frayssinous, du cardinal Maury, de MM. Portal et de Villèle que les Gascons allant à Paris y avaient fait fortune. Il en avait auguré que sa réussite n'était pas improbable.

(9) Le colonel Hughes, ami de Victor Mathieu et protecteur de Maurice, était mort au printemps de 1828. Ses enfants vinrent s'établir à Paris, rue du Regard, et continuèrent à s'occuper du jeune Guérin.

(10) M. Mathieu Paul, juge au tribunal de première instance à Albi.

(11) Jamme Pierre, premier précepteur de Maurice de Guérin, était né à Ambialet le 12 octobre 1797. Ordonné le 7 avril 1821, vicaire à Rabastens en mai 1821, transféré à Miolles le 29 juillet 1823, vicaire à Sainte-Cécile le 15 septembre 1826, curé de Lagrave le 1er septembre 1828, chapelain au Bon-Sauveur d'Albi le 7 septembre 1843, vicaire à Viviers-les-Montagnes le 31 mai 1847, retraité le 21 octobre 1857 à Paris, puis à Villefranche, décédé le 13 juin 1875.

(12) Pierre-Noël Albenque, homme de lois, juge suppléant au tribunal civil de Gaillac. Parrain de Maurice de Guérin.

VIII

Monsieur de Guérin (Maurice),
au Collège Stanislas, rue Notre-Dame-des-Champs, n° 34,
à Paris.

21 X^{bre} 1828.

Je viens d'achever une petite pièce de vers que je te destine (1), et je me hâte de t'écrire, car je suis déjà coupable d'un trop long silence à ton égard. Crois, mon cher ami, qu'il m'en a coûté de le garder si longtemps. Mais je voulais t'envoyer des vers, et j'ai été tous les jours détournée par des visites que nous avons eues, et quelques courses que j'ai été obligée de faire. Ce n'est aussi que bien tard que j'ai reçu ta dernière lettre (2) et tes vers. Mais combien j'ai été dédommagée ! Rien ne m'a jamais fait plus de plaisir. J'ai lu et relu ta lettre; et tes vers, je les sais par cœur. Il y a d'excellents morceaux dans les deux pièces, mais je donne la préférence à *l'Exilé* (3), peut-être (4) parce que ces vers m'ont fait pleurer. Du reste, je ne décide rien, mais je te félicite sur cet heureux essai. J'espère que tu n'en demeureras pas là; nous y perdrions trop l'un et l'autre. C'est vraiment une des plus douces jouissances que tu puisses me procurer que de me faire lire tes productions. Il me tarde infiniment de recevoir *l'Epître* (5) que tu m'as annoncée. Envoie-la telle qu'elle est; il y aura toujours assez de quoi m'être agréable; tu la corrigeras plus tard. J'ai le projet d'envoyer quelque chose aux Jeux Floraux; si tu le veux, j'y joindrai tes deux pièces. Bien certainement, elles auront autant de mérite que les miennes, et je ne crois pas même en avoir aucune qui les vaille. Que ces vers sont touchants ! *Le temps*

Lettre 8. — 21 décembre 1828. — Autographe inédit. La lettre porte le n°2, ainsi que les cachets de la poste du 23 déc. 1828 et du 27 décembre 1828, avec l'indication : P. 77. P. Gaillac.

(1) *L'Absence.* Cette pièce était une réplique au *Souvenir de la Patrie*, de Maurice.

(2) Celle du 5 novembre, retardée involontairement par Raynaud.

(3) Cette poésie, présentée aux Jeux Floraux de 1829, porte comme titre : *Le souvenir de la patrie.* La seconde est intitulée : *La veuve du matelot.*

(4) Première rédaction : apparemment.

(5) L'*Epître*, dont il est ici question et que Maurice n'envoya pas parce qu'il la jugeait trop imparfaite, doit être la poésie intitulée : *Aux poésies de ma sœur* que M. Lefranc a publiée, du moins en partie (*Maurice de Guérin d'après des documents inédits*, p. 58). Ce fut seulement en mai 1830 que ces vers, inachevés et surchargés de ratures, furent adressés au Cayla.

sur son aile légère, etc., et ceux-ci : *C'est sous votre abri que ma mère*, etc. J'aime beaucoup surtout la fin de la pièce. Ce souvenir de la chevalerie la termine d'une manière distinguée.

Pour moi, je n'ai pas toujours su si bien traiter mes sujets; j'ai mis à contribution Pan, Flore, et autres divinités aujourd'hui passées de mode, comme me l'a dit mon cousin. Mais je n'y reviendrai pas. Il me tarde de savoir ce qu'il pense de ma nouvelle pièce, je veux dire *le Village* (6). Je lui avais parlé au Cayla d'un petit poème sur *Geneviève*, patronne de Paris. Je ne l'ai pas encore commencé (7). Il me faudrait, avant, lire quelque histoire de ces temps-là, et je n'ai pas pu m'en procurer. C'est une misère pour avoir des livres, et c'est comme par miracle que quelqu'un me tombe sous la main.

Tu veux que je te rende compte de mes lectures; je le veux bien, mais j'ai peu lu, comme je te l'ai dit, et surtout peu retenu. « Causons, dis-tu, littérature, histoire. » Que veux-tu que je te dise là-dessus que tu ne saches mieux que moi ? Je lis maintenant le *Voyage d'Anacharsis en Grèce*. C'est un fort bel ouvrage et que les circonstances rendent encore plus intéressant. C'est aux jours les plus beaux de la Grèce. Pindare, Sapho, Platon, Démosthène paraissent tour à tour, et à chaque page on s'écrie :

O Grèce, qu'as-tu fait de ton antique gloire (8) ?

Entre les romans de Walter Scott dont tu me parles, je connais *le Monastère* (9) et quelques autres qui me font bien regretter de ne pas en connaître davantage. Quel auteur charmant ! Quelle manière originale d'écrire l'histoire ! Tout le monde la saurait si on l'écrivait ainsi. Comme le disait lord Byron, c'est une bibliothèque vivante que Walter Scott.

Je te remercie infiniment, mon bon ami, de l'offre que tu me fais de m'envoyer les livres que tu as. Je ne veux pas t'en priver. Tu me les apporteras l'an prochain. J'ai Lamartine en entier, et même double avec les *Méditations* que tu m'as envoyées. Je n'ai pas Racine en entier; mais je le connais cependant. Nous avons à Vieux un bon curé (10) qui a une assez belle bibliothèque, toute à notre service.

(6) Le sujet de *Mon village* avait été suggéré par Raynaud à Eugénie pendant les vacances de 1828. C'est une description amusante et pittoresque d'Andillac et de la vie qu'on y mène. En conseillant ce sujet, Raynaud espérait que son élève réussirait mieux dans le genre familier et descriptif que dans le genre allégorique. Il se trompait. Le morceau fut manqué et Raynaud regretta d'en avoir indiqué le sujet. « La poésie descriptive, écrivit-il, est devenue extrêmement difficile, elle ne supporte pas la médiocrité. »

(7) Le projet n'eut guère de suite. Eugénie écrivit seulement quelques vers sur sainte Geneviève.

(8) Première rédaction : *de ces beaux jours de gloire...* L'exclamation est empruntée à la poésie d'Eugénie : *Le sort de la Grèce*.

(9) Roman paru en 1820, un des meilleurs ouvrages de Walter Scott. L'auteur y décrit la vie troublée de l'Ecosse pendant la minorité de Marie Stuart, au moment où le protestantisme gagne de nombreux partisans.

(10) L'abbé Manavit, curé de Vieux. Il fut intérimaire d'Andillac depuis le mois d'août 1828 jusqu'au 13 juin 1829.

Il m'a prêté Racine, Delille et quelques autres. Pour Corneille, je ne le connais pas du tout; j'en ai seulement vu quelques morceaux dans le *Cours de littérature* de Laharpe. Ce dernier ouvrage m'a beaucoup servi à connaître les auteurs, du moins en abrégé. Ce qui m'a beaucoup plu, c'est l'article de Racine et celui de La Fontaine. J'aime ce mot sur ce dernier : « Dieu dit à Adam le nomenclateur : nomme, et à La Fontaine le conteur : conte. » Son jugement sur Voltaire n'est pas, ce me semble, aussi juste; ou plutôt ce n'est pas un jugement, c'est presque un panégyrique d'un bout à l'autre. J'aime beaucoup la lecture, trop même pour le temps que j'y puis donner; mais, pour qu'elle soit profitable, il faut en causer avec des personnes instruites. Où les trouver ici ?... (11)... d'autres choses. Mais

Laissons dire les sots, le savoir a son prix (12).

C'est ce qu'on peut opposer dans toutes les positions de la vie aux détracteurs de l'instruction chez les femmes. Tu n'es pas de ce nombre, puisque tu veux même, dis-tu, m'initier dans les langues anciennes. Oh ! je n'en veux pas tant, et puis, le moyen de percer là-dedans ! Mais nous en causerons toujours et j'en attraperai ce que je pourrai. Je désespère cependant de pouvoir jamais entendre Horace, Virgile. Non, jamais je ne parlerai une langue qui coûte dix ans d'étude. Du reste, la langue que parlaient Racine et Fénelon peut bien me suffire. L'étude ne doit être pour moi qu'un délassement; si j'y donnais trop de temps, elle se changerait en travail et ce ne serait plus un plaisir. Assez causé là-dessus, parlons d'autres choses.

Paul Raynaud nous est venu voir et a passé une semaine avec nous. Il a fait l'admiration de tout le pays. On disait en le voyant passer : « *Jès, qun bel homé ! dé qun païs déou essé ?* (13) » On peut dire que le bon est chez lui camarade du beau (14). C'est un excellent garçon qui a bien confirmé tout ce que tu nous avais dit de lui. Il devait être porteur d'une paire de dindes à son retour à Paris; mais, comme il nous a écrit qu'il attendait une prolongation, dans l'incertitude, nous n'avons pas préparé les dindes, et nous envoyons seulement un pâté de foie de canard, que nous enverrons toujours par la poste si Paul ne part pas. Je serais désolée qu'après lui avoir annoncé une paire de dindes mon cousin n'eût rien reçu. Nous les enverrons plus tard. Je ne lui écris pas d'aujourd'hui. Tu voudras bien lui faire mes amitiés. Montre-lui les vers que je t'en-

(11) Suivent deux lignes et demie furieusement raturées.

(12) La Fontaine, *L'avantage de la science*, Livre VIII, fable 19 : « Laissez dire les sots... »

(13) « Oh ! quel bel homme ! De quel pays doit-il être ? » Paul Raynaud, frère d'Auguste, était d'une haute taille et d'une forte carrure.

(14) La Fontaine. *Le mal marié*, Livre VII, fable 2 : « Que le bon soit chez lui camarade du beau ! »

voie, et dis-moi ensuite son sentiment. Je voudrais que ce que j'ai fait pour toi fût le meilleur de mes ouvrages. Il m'a fort engagée à entretenir avec toi une correspondance épistolaire et poétique (15). J'espère que tu seras en cela d'accord avec lui et moi. Rien ne me peut être plus agréable et plus profitable que ce commerce. Je te promets d'être exacte à te répondre. Je ne te dis rien de la part de papa et de Mimi, parce que je crois qu'ils t'écrivent tous deux. Erembert est presque guéri de ses accès de fièvre. Enfin nous allons tous bien. Adieu, mon cher ami; porte-toi bien aussi, et aime-moi toujours comme je t'aime.

EUGÉNIE.

Si Paul ne part pas encore et que papa ait vendu son vin, nous t'enverrons au mois de janvier des chemises et des cravates. Je compte que tu m'auras écrit d'ici là. Papa a été enchanté de tes dernières lettres. C'est comme ça qu'il faut écrire : dire beaucoup de choses et remplir toujours ton papier. Je te remercie de toutes les jolies choses que tu me dis au sujet des grenades que je t'ai envoyées (16). Ah ! mon cher Maurice, que ne puis-je t'envoyer tout ce que j'ai de bon ! Adieu encore. Je voudrais avoir des bras assez longs pour pouvoir t'embrasser partout où tu es.

IX

3 février 1829.

Je dois aller sous peu de jours à Gaillac pour être marraine d'un enfant de Mme de Bellerive (1). Comme je n'aurai pas alors trop de

(15) Extrait d'une lettre d'A. Raynaud à Eugénie, du 20 nov. 1828. « Je ne veux pas retarder plus longtemps le plaisir que vous aurez, j'en suis sûr, à voir les essais de Maurice dans un genre nouveau pour lui. Voilà deux petites pièces où il y a d'excellentes choses. J'espère que vous regarderez ceci comme une provocation, et que vous répondrez sur le même ton. Ce commerce épistolaire et poétique ne peut que vous être extrêmement profitable à tous deux. Je vois avec plaisir que Maurice entre dans la bonne voie, je veux dire qu'il traite la poésie de sentiment. Il n'y a guère que celle-là qui puisse réussir actuellement. Il faut pourtant excepter les sujets légers, où la poésie descriptive fait toujours plaisir. Du reste, point d'Apollon, point de nymphes, et autres vieilleries qui ont été bonnes dans leur temps, mais qui ne font plus aucun plaisir parce qu'elles sentent trop l'imitation. Je vous exhorte beaucoup à prendre votre part de ces observations. Je suis sûr que vous réussirez dans la poésie de sentiment. »

(16) Voir le début de la lettre de Maurice du 2 novembre 1828. Cf. LEFRANC. *Maurice de Guérin*, p. 42.

Lettre 9. — 3 février 1829. — Autographe. Lettre publiée incomplètement par *la Quinzaine*, 1895, II, pp. 257-263. Elle se trouve dans un manuscrit de Trebutien conservé à Saint-Sauveur-le-Vicomte.

(1) Eugène de Bellerive, né le 20 février 1829, baptisé le 22 à Saint-Michel de

temps pour voir mes cousines ou pour les visites que j'aurai à faire, j'ai voulu, mon cher Maurice, t'écrire avant mon départ du Cayla. Rien ne me fait jamais plus de plaisir que tes lettres. Ces deux dernières surtout m'ont vraiment attendrie (2). * Elles partent du cœur.
* Oh ! comme papa en a été enchanté !

* [Je dois te prévenir d'une chose très essentielle. Ton avant-
* dernière lettre a failli tomber entre les mains d'Erembert. C'eut
* été véritablement un malheur. Souviens-toi *bien* de nous écrire
* par Cordes (3) quand tu parleras de ces arrangements de famille.
* Tu devines assez qu'Erembert ne les apprendrait pas sans une
* grande jalousie. Le pauvre jeune homme est si fort aveuglé sur
* son compte qu'il lui est impossible de reconnaître ses torts. Je le
* plains !...] Mais [éloignons ces tristes pensées.] *

Parlons du plaisir que nous aurons de nous trouver réunis (4). Alors nous parlerons à notre aise de nos projets (5), enfin de tout ce qui nous touche. La plume exprime mal les sentiments du cœur. Ce n'est que par la présence l'un de l'autre que nous les verrons à découvert.

Cependant tu crois, dis-tu, avoir deviné mon âme, et la retrouver dans la peinture sublime que Platon a faite de l'homme. Es-tu fou de me faire une telle application (6) ? Il faut que je t'adresse, en passant, un petit reproche. Tu me prodigues toujours de l'encens à pleines mains; ce n'est pas bien de la part d'un ami; ceci me vient au sujet de mes poésies. Dis-moi plutôt, je t'en prie, mes vérités. Dans la bouche d'un ami la vérité est préférable aux éloges. Moi, je te la dirai toujours, et je vais te le prouver tout à l'heure.

Tu me demandes de te faire connaître de quel œil je regarde le monde et la vie. Je t'avouerai que j'ai là-dessus des idées un peu différentes des tiennes. Tu me parles toujours de la vie avec chagrin et amertume. Pourquoi cela, mon ami ? Moi, qui suis un peu plus avancée que toi dans la carrière, je n'ai pas à me plaindre de mon existence. Je trouve le bonheur (sans mentir) au Cayla; et je crois qu'on peut le trouver partout. Mais, pour cela, il faut établir le bonheur sur une base solide. Non, mon cher Maurice, ce n'est pas dans le murmure des vents, dans une vague rêverie, qu'on le peut trouver. Ceci n'est qu'une jouissance d'un moment, un bonheur

Gaillac. Il devint prêtre et mourut aumônier des Carmélites de Montauban en 1911.

(2) Celles du 6 et 7 janvier 1829, la première adressée à son père, la seconde à Eugénie.

(3) Et non par Gaillac, où habitait Erembert, comme vérificateur des poids et mesures.

(4) Aux vacances suivantes.

(5) Le projet de Maurice était de revenir au Cayla et de prendre la direction du domaine. On comprend combien cette perspective de retrouver son frère pour toujours devait sourire à Eugénie, et cependant, par un sentiment qui l'honore, elle donna à Maurice le conseil de renoncer à ce projet.

(6) Voir la lettre de Maurice du 7 janvier 1829. Elle a été publiée par Trebutien, pp. 138-142.

poétique si tu veux; mais qu'il est loin d'un bonheur réel ! C'est cependant, si je t'ai deviné, cette vague félicité que tu cherches. Comme toi, j'ai donné dans cette illusion (je n'ai rien de caché pour toi), je ne soupirais à quinze ans qu'après la solitude; je trouvais presque le Cayla trop peuplé. J'avais même jeté sur cela le plan d'un ouvrage où je me figurais une jeune personne qui s'était retirée volontairement dans un désert. Quel rêve !

D'après tout ceci, tu vas penser que j'aime le monde. Je le connais trop peu pour l'aimer ou pour le haïr; il m'est donc indifférent. Du reste, sous quelque point de vue que je l'envisage, qu'en résultera-t-il à mon égard, puisque je ne dois jamais vivre dans le monde (7) ? Il n'en serait pas de même pour toi. Tu dois avoir des rapports étroits avec la société. C'est là, du moins, le but de l'éducation que tu as reçue. Suivant les goûts qu'on y apporte, on y trouve son bien-être ou son malheur; et, pour cela, on doit également éviter l'excès de la dissipation, et cette insouciance qui énerve l'âme et la rend comme indifférente à tout ce qui s'agite autour d'elle, sans lui procurer cependant le repos qu'elle cherche.

Pardonne-moi ces réflexions, mon cher Maurice, qui me sont suggérées par la crainte que j'ai que tu ne te plonges trop souvent dans la rêverie, dans un monde idéal, tandis que tu t'occupes trop peu de celui où tu te trouves. N'est-ce pas que tu voudrais être loin, bien loin de tout bruit, libre de toutes les peines de la vie et n'avoir enfin, comme autrefois les Israëlites, qu'à ramasser la manne dans le désert ? S'il en était ainsi, je te dirais que je te crois dans l'erreur; qu'il est une louable ambition, celle qui tend à nous procurer une existence honorable.

Pour moi, je voudrais devenir riche pour pouvoir faire du bien à tous mes amis. Enfin, que le bonheur, j'en reviens toujours là, étant tout action, tout énergie, il ne se peut trouver que dans une âme dont tous les mouvements, dirigés par la raison et la vertu, sont uniquement consacrés à l'utilité publique, c'est-à-dire à l'accomplissement de nos devoirs envers Dieu, nos parents et notre patrie (8).

Tu m'avais demandé des réflexions; en voilà que je t'écris au courant de la plume et qui m'amènent à te parler du projet que tu as de venir pour toujours partager notre solitude. Je n'ai pas besoin de te dire que ce sera avec la plus grande franchise. J'ai promis de te dire la vérité; je te la dirai, quoiqu'il m'en coûte...

Hélas! la vérité bien souvent est cruelle!

(7) Depuis longtemps, Eugénie avait pris la résolution de ne pas se marier et de passer sa vie au Cayla.

(8) On saisit sur le fait, dans cette lettre, l'action bienfaisante d'Eugénie sur son frère. Avec quelle délicatesse ne lui trace-t-elle pas son devoir ! et ne lui communique-t-elle pas la volonté de son père ! C'est une semeuse d'énergie, de courage et d'action.

Mon cœur voudrait te la taire, mais ton intérêt l'emporte. Eh bien ! je n'approuve pas ton projet. Souviens-toi bien que le but de papa, en vous donnant une éducation, à toi et à ton frère, était de vous mettre à même d'occuper par ce moyen un emploi honorable dans la société.

* [Erembert a bien mal rempli ses espérances. Faudra-t-il qu'il
* en soit de même à ton égard ! Je sais que tu ne le voudrais pas;
* mais c'est néanmoins ce qui arriverait si tu n'avais d'autre ambi-
* tion que * de venir] rester au Cayla. Je n'ignore pas les motifs qui t'y engagent; tu veux soulager ton père, tu veux, par le sacrifice que tu ferais de tous les avantages que tu peux espérer dans le monde, lui prouver ton amour, ta reconnaissance. Ces motifs sont dignes de ton cœur, mais ce sont ces mêmes motifs qui doivent t'engager dans une toute autre carrière, et te faire surmonter tes goûts pour la retraite et le repos, supposé qu'ils entrent pour quelque chose dans ta détermination actuelle. Tu n'as rien plus à cœur que le bonheur de ton père; et moi aussi. Mais je ne puis y contribuer, non plus que Mimi, que par des soins, par une tendresse qui, au fond, ne peut changer en rien sa situation. Notre part à nous, c'est les caresses; toi, tu dois agir. Tu dois, si tu le peux, lui procurer dans sa vieillesse une aisance qui contribue si fort au bien-être ! Pour cela, il te faut avoir un état. Je ne parle pas maintenant de ceux qui peuvent te convenir. En quoi pourrais-tu changer la situation de papa en restant au Cayla ? Ceci, tu le penses bien, est à part de tout le plaisir que nous aurions de vivre auprès de toi. Papa s'entend assez en agriculture pour pouvoir diriger ses travaux sans suivre toujours ses gens de l'œil. Nous avons d'ailleurs, un bon maître valet (9) qui est capable de remplacer papa pour bien des choses. Je puis t'assurer que le bien n'est pas négligé, quoique papa soit quelquefois indisposé. Du reste, il est quelquefois bien fatigué de tout ce train de la campagne. Si elle a ses agréments, elle a bien aussi ses misères. Au vrai, la vie des champs n'est vraiment agréable que pour les gens riches. Je voudrais bien te voir posséder un jour quelque chose de meilleur qu'un domaine qui ne te permettra jamais que de vivre de privations.

* [Et puis, ton frère n'est-il pas ...(10)...! Tu ne veux pas y pen-
* ser, dis-tu; mais la chose n'en arriverait pas moins. Pourrais-tu
* sans cesse supporter ses regards jaloux ?... Les larmes me tom-
* bent des yeux; passons là-dessus.] *

Je viens de te dire des choses bien pénibles pour mon cœur, moi qui ne désire plus rien, Dieu le sait, que de te voir, de vivre toujours auprès de toi. Faut-il que ce soit par ma voix [*ou* mes soins]

(9) Rey Jean, père de Jeanot.
(10) Quelques mots illisibles.

que tu y renonces ! Non, mon ami, n'y renonçons pas. Voici mes espérances. Tu prendras un parti, n'est-ce pas ? soit celui des lois, ou tout autre. Tu dois te conseiller là-dessus de nos cousins, Raynaud et Victor. Avec le temps, tu parviendras enfin à quelque chose. Alors, avec une bonne place et d'autres avantages qui ne te manquent pas, on rencontre quelquefois de bonnes fortunes. Un jeune homme du pays, qui n'a pas plus de quarante mille francs, s'est marié l'an dernier avec une demoiselle qui en a plus de cent. * [Tu
* en auras bien autant que lui, (je te le promets). Tu connais les
* dispositions de papa à cet égard.] * Alors, au lieu d'une vie pénible et ennuyée au Cayla, tu pourrais te procurer, et à ton père, les agréments de la société; car on y en trouve beaucoup dans le commerce des personnes aimables, instruites, vertueuses qui sont répandues dans le monde. Il me paraît que ce sont là les vrais plaisirs de la société qui manqueront toujours à notre campagne. Je ne les fuirai pas, si je puis jamais me les procurer. Pourquoi les fuir ? « Que votre vertu, a dit quelqu'un, ne vous éloigne jamais des plaisirs honnêtes assortis à votre âge. » C'est aussi mon avis. La sagesse ne me paraît aimable et solide que par l'heureux mélange des délassements qu'elle se permet et des devoirs qu'elle s'impose.

Où donc as-tu pris toutes ces sentences ? vas-tu me dire. Dans l'attachement que je te porte. Je serais désolée si tu donnais d'autres motifs à tout ce que je viens de te dire. Sois bien persuadé qu'aucune vue d'*intérêt* ne me guide. Ecris-moi bientôt pour me tranquilliser à l'égard de tout ce que je t'ai dit. Fais-moi part de tes vues pour l'avenir. Je me flatte que tu entreras un peu dans les miennes, qui sont aussi celles de papa. Eh ! puis-je en douter ? J'ai ta lettre (11) sous les yeux, où tu lui dis : « Disposez de moi comme vous voudrez. » Eh bien ! c'est sa *volonté* que tu prennes un état. Il n'a jamais cru te dire de venir au Cayla, tout au plus que tu y viendrais si tu ne trouvais pas mieux ailleurs. Il espère donc, il te prie même, d'être fixé là-dessus l'an prochain quand tu viendras l'embrasser.

Assez causé sur cet article. J'arrive à nos poésies. Maintenant que j'ai relu tes pièces de sang-froid, je trouve *la Veuve* pour le moins aussi bien que *le Souvenir de la patrie.* J'aime beaucoup ces vers :

Ils le suivaient encor (le vaisseau) *qu'il n'était sur les ondes*
Qu'un point dans une immensité!

Et ceux-ci :

Leurs yeux s'y fixaient
Et pleuraient.

Ces deux petits vers sont charmants, à mon avis. Il me paraît qu'il y a un peu à retoucher au passage suivant : *On dit que chaque*

(11) Celle du 6 janvier 1829, adressée à son père.

jour, etc... Les vagues courroucées, le sifflement de l'aquilon, etc. Tout cela me paraît superflu. Je n'exprimerais que cette idée : Chaque jour, sur ces bords, la veuve appelait son époux et confiait aux vents *de son cœur oppressé les longs gémissements*. Autre phrase incidente : Sur la branche... où le chasseur, *cause de son premier malheur*. Ce dernier vers rend la pensée traînante. Je le supprimerais et je mettrais après *son ramier fidèle*,

La plaintive tourterelle
Vient déplorer son malheur;
Elle y vient inconsolée
Pleurer, gémir
La nuit, etc.....

Ou à peu près. Il y a, je l'avoue, de la témérité de ma part d'oser te donner des conseils, tandis que tu as auprès de toi ce *sage ami* dont parle Boileau (12). Ce n'est, du reste, qu'une idée qui m'est venue en passant; je ne te la donne pas comme bonne. J'enverrai demain tes pièces à Erembert qui se charge de les faire parvenir à Toulouse (13). Je pense que mon cousin aura reçu ma *Solitude*. S'il avait le temps de me répondre avant la fin de février, je serais à temps d'envoyer ma pièce aux Jeux Floraux. Erembert dit qu'on ne restait pas de recevoir les pièces après la fin du concours (14). Envoie-moi, je te prie, les corrections à faire aux vers que je t'ai adressés : je sais qu'il y a des fautes.

Oui, il est vrai qu'on se peint ordinairement dans ses écrits. Cependant Molière, le plus gai des comiques, était, dans le monde, triste et silencieux; Racine, le tendre Racine, était mordant et satirique, témoin ses lettres aux solitaires de Port-Royal. Sans me comparer en rien à ces génies, je te dirai que je ne suis pas aussi mélancolique que mes écrits.

Tout homme est né menteur, et surtout tout poète.

Ces sentiments qui embellissent la poésie rendraient la vie fort triste s'ils occupaient habituellement. Néanmoins, disons la vérité, c'est bien là un peu le fond de mon caractère. Mais comme je suis persuadée que tout sentiment, même louable, porté à l'excès nous rend malheureux, je tâche d'y faire diversion, et je ne m'y laisse aller que dans la poésie, où ce n'est d'aucune conséquence pour le repos de la vie. Je crains bien que ce sentiment n'attriste trop la tienne. Souviens-toi que Rousseau, le plus mélancolique des hommes, fut aussi le plus malheureux. Je ne puis pas m'étendre autant

(12) Boileau, *Art poétique*, V, 186. « Faites-vous des amis prompts à vous censurer. »

(13) Ces deux pièces, présentées au Concours de 1829 par l'intermédiaire de l'abbé de Prépand, n'obtinrent ni prix ni mention, et furent classées au troisième rang, c'est-à-dire au dernier.

(14) Eugénie se faisait illusion. Le concours prenait fin le 15 février (aujourd'hui il se termine le 31 janvier). Passé cette date, on n'admettait aucune poésie.

que je le voudrais. Je remets à une autre fois de te développer ma façon de voir là-dessus comme sur d'autres choses qui te touchent. En voilà toujours assez pour te prouver combien tu m'es cher.

D'où vient que tu me parles seulement des chaussettes que nous t'avons envoyées par Paul Raynaud et que tu ne dis mot du pâté ? Ne serait-il pas arrivé à bon port ? J'en serais fâchée car il était bien beau. — Si tu m'écris avant mon cousin, prie-le de te donner l'adresse pour les dindes, s'il a pu se la procurer.

M'enverras-tu bientôt les vers que tu m'annonces ? Je pense que tu dois en faire beaucoup. Ils tombent de la plume à ton âge; plus tard on les polit. Tu as sur moi un grand avantage, à part tous les autres : celui d'avoir mon cousin auprès de toi, dont tu peux presque tous les jours recevoir les conseils et moi seulement quelquefois dans l'année. Fais-lui pour moi mes amitiés. Si tu m'envoies des vers par la poste, écris-les sur deux colonnes en doublant par le milieu ton papier (15). Le paquet sera par ce moyen moins fort de moitié.

D'où vient que ta lettre, datée du 7, ne m'est parvenue que le 30 ?

Adieu, mon cher Maurice. Voilà une bien longue lettre. Elle servira de réponse à tes deux dernières à papa et à moi. Nous t'embrassons seuls pour cette fois. Mimi est chez mon oncle Fontanilles (16) et Erembert à Gaillac. Adieu encore. Ma plume s'arrête, mais mon cœur s'occupe toujours de toi.

Eugénie de Guérin.

X

18 juillet 1829.

Je commence, mon cher ami, par te faire part du plaisir que nous a fait éprouver la bonne nouvelle (1) que tu nous annonces dans ta dernière lettre (2). Le bienfait est très grand pour nous; mais je ne saurais te dire quel sentiment nous avons éprouvé davantage, ou celui de notre reconnaissance envers notre bienfaiteur, ou celui de notre joie à cette preuve de l'intérêt que te porte ce bon M. Augé, ce qui est en même temps le plus bel éloge qu'il pût nous faire de

(15) C'était sa manière d'agir, quand elle envoyait ses vers à Raynaud pour la correction.

(16) Jean-Pierre Fontanilles (23 mars 1777-janvier 1844), propriétaire à Campagnac, parrain d'Eugénie de Guérin.

Lettre 10. — 18 juillet 1829. — Autographe inédit.

(1) M. Augé avait trouvé quelqu'un pour payer la pension de Maurice que la ville de Paris venait de lui supprimer à cause de son âge. Le jeune Guérin avait plus de 18 ans.

(2) Probablement celle du 7 juillet, dont on ne possède plus que des fragments.

toi. Ceci me dispense de te donner un démenti sur le jugement que tu me fais de ton caractère. Oui, on te le donne, on te l'a donné et on te le donnera ce démenti partout, surtout au Cayla, où nous nous disputons à qui t'aime davantage.

Tes idées n'étaient pas couleur de rose quand tu m'as écrit ta dernière lettre, n'est-ce pas ? Il t'avait pris, du moins dans ce moment, un grand mépris ou dégoût pour l'érudition, * puisque tu * voudrais, me dis-tu, ne savoir pas lire. * Prends garde, tu veux donc soulever contre toi tous les partisans du savoir, et les Académies, et les maîtres d'école ? Tu voudrais donc être avec nous sous la ligne noire de M. Dupin (3) ? Mais, plaisanteries à part, ce que tu dis là est vraiment une insulte à la gloire des lettres, qui, a dit quelqu'un, est la première de toutes les gloires. Disposer de l'opinion publique, maîtriser les esprits, remuer les âmes, étendre ce pouvoir à tous les temps, à tous les lieux, il n'y a point d'empire comparable à celui-là. On peut braver, quand on le possède, toutes les infortunes de la vie. Epictète, boiteux, esclave, pauvre comme Irus (4), était pourtant le favori des dieux. Qu'a de digne d'envie le sort de ceux qui ne savent pas lire ? Ils ignorent, il est vrai, la plupart des révolutions et des malheurs du monde; ils trouvent leur bonheur, me diras-tu, dans la nature, dans les objets qui les entourent. Je ne crois pas cela, car je connais nos paysans qui ont des yeux et ne voient pas, des oreilles et n'entendent pas (5). *La nature pour eux est un livre fermé* (6), et, s'ils sont heureux, ils le sont à la façon des brutes. Cela même ne peut être autrement puisqu'ils n'ont pas appris à connaître d'autre bonheur. Non, mon ami, n'envions pas la félicité de l'ignorant, c'est envier le bonheur de l'aveugle. La science nous est venue du ciel pour entretenir et augmenter cette lumière *qui éclaire tout homme venant en ce monde* (7). Loin de la mépriser, nous devons au contraire nous prosterner devant elle, en remerciant l'auteur de toute science de nous avoir donné par là le moyen de le connaître et de l'aimer davantage. Car la science nous mène à Dieu, et les exceptions qu'on voit à cet égard sont comme les monstres dans la nature : cela ne prouve rien

(3) Dans un discours à l'Académie, en 1826, reproduit dans le *Constitutionnel*, M. Dupin avait dit que le Midi était un pays d'ignorance, ce qui lui attira la colère des Méridionaux. Voici, du reste, ce que J. de Guérin écrivit à ce sujet à son fils, le 24 décembre 1826. « J'arrive d'Albi où j'ai vu Mme de Rivières qui m'a donné de tes nouvelles par une lettre que Raymond venait de lui écrire. Continuez tous deux à vous distinguer et à montrer à M. Dupin et au *Constitutionnel* que le Midi n'est pas tout à fait un pays d'ignorance ainsi qu'il l'a dit dans un discours à l'Académie. Laissons là M. Dupin et ses sophismes. »

(4) Mendiant d'Ithaque.

(5) *Psaume* CXIII, 13 et 14 : « *Oculos habent et non videbunt, aures habent et non audient.* »

(6) Massillon. *Carême. La vérité de la religion :* « La nature est pour l'homme un livre fermé. »

(7) Saint Jean, I, 9. « *Erat lux vera quæ illuminat omnem hominem venientem in hunc mundum.* »

de plus. Non, il n'est pas de jouissance plus délicieuse, de plaisir plus durable que celui que nous procure l'instruction.

« Qui voit, dit Bossuet, qui voit Pythagore, ravi d'avoir trouvé les carrés d'un certain triangle, et sacrifier une hécatombe en action de grâces (8); qui voit Archimède, attentif à quelque nouvelle découverte, et oublier le boire et le manger; qui voit Platon célébrer la félicité de ceux qui contemplent le beau et le bon, premièrement dans les arts, secondement dans la nature, et enfin dans leur source et dans leur principe qui est Dieu; qui voit Aristote louer cet heureux moment où l'âme n'est possédée que de l'intelligence de la vérité, et juger une telle vie seule digne d'être éternelle; mais qui voit les saints, tellement ravis de ce divin exercice de connaître, d'aimer et de louer Dieu qu'ils ne le quittent jamais, et qu'ils éteignent, pour le continuer tout le cours de leur vie, tous les désirs des sens; qui voit, dit-il, toutes ces choses, reconnaît, dans les opérations intellectuelles, un principe et un exercice de vie éternellement heureuse. »

L'ignorance ne peut donc pas faire notre bonheur puisqu'elle obscurcit notre intelligence; elle efface de plus un des caractères distinctifs de notre grandeur, celui de la perfectibilité. Quels moyens aura de se perfectionner l'homme qui ne l'a pas appris, qui ne sait pas lire les livres où il l'apprendrait ? La Religion seule peut venir à leur secours parce qu'elle se met à la portée des simples comme à celle des savants. Mais ne sont-ils pas à plaindre ceux qui ne peuvent pas l'étudier eux-mêmes, et qui savent par conséquent si peu de chose de cette science si belle, si consolante ?

Je m'occupe exclusivement depuis quelque temps de lectures religieuses, et je puis t'assurer que je n'en ai jamais faites qui me convinssent davantage. On y trouve, plus que partout ailleurs, et la beauté du style et celle des pensées. Mais nous causerons là-dessus quand nous serons ensemble. J'ai assez prêché pour aujourd'hui. Je l'aime un peu comme toi; nous devons nous passer mutuellement nos fantaisies. C'est d'ailleurs tout de bon et franchement que je te prêche pour te convertir à des pensées plus riantes que celles que tu as habituellement. Du moins, ne maudis pas la science; c'est une ingratitude,

Car, au fond du calice où nous buvons la vie,
Elle verse toujours quelque goutte de miel (9).

Pourquoi ne nous as-tu pas fait connaître la chanson que tu as faite pour M. Augé (10) ? N'oublie pas de nous l'apporter.

(8) Une légende raconte que Pythagore fut tellement heureux d'avoir trouvé le problème du carré de l'hypoténuse qu'il sacrifia cent bœufs aux Muses, sacrifice qui s'accorde peu avec la fortune du philosophe et ses idées sur la transmigration des âmes.

(9) Première rédaction : *car au fond de la coupe*. Cf. LAMARTINE, *Méditations*, I, 29 :

Au fond de cette coupe où je buvais la vie
Peut-être restait-il une goutte de miel.

(10) Chanson en langue d'oc composée pour la fête du directeur de Stanislas. Elle commence par ces mots :

O ne nous quittès pas, payré bou,

On pourrait dire, en parodiant un peu Marot,

..... La bonne fortune
Ne vient jamais qu'elle n'en amène une
Ou deux ou trois avec elle..... (11);

Nous n'avons eu depuis longtemps une aussi belle récolte que cette année. La moisson est finie, et, ce qui vaut encore mieux, c'est que papa n'a pas été incommodé quoiqu'il ait suivi tout le jour les moissonneurs.

* Autre heureuse nouvelle : Mlle Coutaud (12) paraît entièrement * revenue à notre égard. Elle nous a fait cadeau de deux robes et de * quelques livres. Elle te verra avec grand plaisir. * N'oublie pas d'aller voir les dames de Saint-Salvy (13), Joséphine (14) et nos cousins Fontanilles.

Je ne dis rien de papa parce qu'il doit t'écrire. Erembert va bien, ainsi que Mimi qui me charge d'une embrassade pour toi.

Nous avons depuis quinze jours un nouveau curé (15) qui est un très bon homme; il aime les livres, la musique et par-dessus tout son état.

Adieu, mon cher ami, je n'ai plus qu'une chose à te dire et la plus agréable : je t'aime.

EUGÉNIE DE GUÉRIN.

Mes souvenirs à mon cousin Raynaud. N'oublie pas de prendre les commissions de l'abbé de Cossigny (16) et de tous ceux du pays que tu connais.

Fais, avant ton départ, mille amitiés pour nous à Victor. Nous avons bien des regrets de ne pas le voir arriver avec toi. Prie-le d'avoir la bonté de m'acheter des cordes pour une guitare.

Ayssi cadun bous aymo
Dé tout soun cor, soun amo,
E digus n'oun fa prou.

Ce qui signifie :

Oh ! ne nous quitte pas, père bon.
Ici chacun vous aime
De tout son cœur et de toute son âme
Et personne n'en fait assez.

La poésie toute entière a été conservée grâce à une copie d'Eugénie de Guérin.

(11) MAROT, XXIX, *Au Roy, pour avoir esté derobé.*

On dict bien vray, la maulvaise Fortune
Ne vient jamais qu'elle n'en apporte une
Ou deux ou trois avecques elle (Syre).

(12) Marraine de Marie et bienfaitrice de Maurice. Le changement de vocation de son protégé lui ayant fait une vive peine, elle avait vécu assez froidement avec la famille de Guérin.

(13) Autres parentes et protectrices de Maurice. Mme de Saint-Salvy habitait Toulouse, place Rouaix, 5.

(14) Joséphine de Lezert, nièce de l'abbé Prépand, mariée à Auguste de Guérin de Laval.

(15) L'abbé Limer, nommé curé d'Andillac le 13 juin 1829.

(16) L'abbé Gaston Charpentier de Cossigny, originaire de Gaillac, était aumônier à l'hospice de Rosny, patronné par la duchesse de Berry.

XI

Monsieur Paul Raynaud,
maréchal des logis chef, à la suite d'une batterie de réserve,
à Vincennes.

20 février 1831.

Devine ce que je viens faire, mon cher ami ? Ce n'est rien de joli. Je viens te gronder. Il me semble que j'ai raison. Voilà plus d'un mois de silence qui t'accuse (1). Tu es mort ou tu nous oublies : je n'aimerais pas mieux l'un que l'autre. Allons, ressuscite et dis-moi si le pâté a été bon. Il était plein de bonnes choses du moins, mais il aurait bien pu se gâter en route. Et le vin vogue-t-il encore sur l'Océan ? Je l'aimerais mieux en bouteilles, il n'aurait pas à craindre un coup de vent. Papa fait planter une immense vigne aux Garrigues qui fera du vin pour la moitié de Paris. Tu vois qu'il s'occupe toujours de planter ou d'arracher.

Hier, il s'occupait de toi, c'est-à-dire de ton remplaçant qu'il présenta au conseil de révision (2). Allons, prends le mousquet. Un *brave* comme toi n'a pas de remplaçant... *As poou* (3) ? Rassure-toi, ton homme est acheté et reçu. Le premier qui s'était d'abord vendu s'est donné ensuite. Il s'est marié, ce qui l'a fait donner plus d'une fois au Diable par papa, comme tu penses bien. Mais nous n'y perdons pas, car celui que nous tenons ne coûte que 1900 francs au lieu de 2100 que coûtait celui qui a pris femme. Mon cher, tu as manqué mettre en deuil trente ménages du pays; tous les maris quittaient leurs femmes pour toi. Aussi te voilà maudit, honni, détesté; tu as fait verser un océan de larmes. C'est sans mentir. La fille de la *Rousse*, d'Andillac, voulait se noyer, se pendre, que sais-je ? Mais la voilà consolée, son mari a été court. On dit que plus d'une fois elle le trouvera trop long. Je ne sais si l'homme d'hier quitte aussi sa moitié; il n'est pas du pays.

A propos de maris, nous avons eu, un de ces jours, une noce qui

Lettre 11. — 20 février 1831. — Autographe inédit. Cette lettre porte le numéro 3. Elle a les cachets de la poste de Gaillac, 26 fév. 1831; de Paris, 3 mars; de Vincennes. Quoique adressée à Paul Raynaud, frère d'Auguste, elle est pour Maurice. Sur l'adresse le mot *Vincennes* a été biffé et remplacé par *Audos*.

(1) Il n'avait pas écrit depuis le 13 janvier. Il attendait un baril de vin et avait demandé un pâté.

(2) Maurice avait porté un mauvais numéro au tirage au sort. En conséquence, son père pour l'exempter du service militaire, dut se charger de lui trouver un remplaçant.

(3) « As-tu peur ? »

a fait un train d'enfer. C'est notre voisin Bessou, tu *sais* (4). Il a cherché fortune un peu loin d'ici et a pris une femme jolie de ses écus. Elle est arrivée voiture devant, voiture derrière, escortée de trente-six cavaliers. Juge quel train quand tout ça dansait, chantait, hennissait. C'était comme une foire. Trois cents personnes s'y trouvaient, et, parmi tout ce monde, il y avait du fin et du surfin : M. Victor de Villefranche (5) entre autres, M. Arnail, des Costes et des Costous, des Gaillacois, des Cordais, des Albigeois. Enfin, des quatre points cardinaux on était accouru à ces noces qui ressemblaient assez aux noces de Gamache (6). Mais devine d'où sort cette belle princesse ? C'est tout simplement la petite-fille d'un domestique de Clairac qui pour tout avoir n'avait qu'un âne il y a trente ans. Cet âne-là n'est pas le seul qui ait fait fortune.

Maximin Vialar (7) se marie aussi : il épouse cent mille francs et une fort bonne personne : c'est l'aînée des demoiselles [*de*] Bermond. On dit que nous pourrions bien avoir de nouveau M. Bermond pour sous-préfet si M. Grenier s'ennuie trop à Gaillac. Ça m'est tout à fait égal pourvu que nous n'ayons affaire à aucun sous-préfet tricolore, présent ou à venir.

M. de Bayne vient d'écrire à papa (8); il ne lui parle presque que de *l'Avenir* et de ses doctrines qu'il voudrait voir répandues partout comme l'Evangile. Ce brave homme n'a que cela dans la tête. « Papa, me dit Louise, lit *l'Avenir* avec autant de plaisir qu'un héritier en a à lire un testament fait en sa faveur. » Mais, malgré son engouement, M. de Bayne fait, comme nous, à Lamennais le reproche d'oubli. Si l'on oublie Charles X peut-on oublier Henri V ? Cet enfant est tout notre espoir; l'ordre et la justice ne rentreront en France qu'avec lui. En attendant, j'avoue que Louis-Philippe nous est nécessaire : sans lui, la nation était un corps sans tête. Mais les ennemis de Charles X sont aussi les siens, car ils ne reconnaissent d'autre roi que le Diable qui, je crois, s'est fait Français.

Le 21 janvier a été célébré ici, mais en messe basse. L'archevêque (9) a défendu toute solennité à ce sujet. Il n'en a pas été de même

(4) Le mot est souligné intentionnellement, non sans fine ironie. Il est probable qu'il faut y voir une de ces locutions passe-partout que le voisin Bessou entremêlait dans ses conversations. Voir sur cette noce les Lettres d'Eugénie à Louise de Bayne. I, page 89, note 20.

(5) Victor Genton de Villefranche, propriétaire à Clairac, ami des Guérin. Il mourut le 15 août 1846, à l'âge d'environ 70 ans.

(6) Gamache est un des personnages célèbres de *Don Quichotte*. Ses noces constituent un remarquable épisode du roman. L'expression *noces de Gamache* est passée en proverbe pour désigner un grand festin où l'abondance dégénère en profusion.

(7) Maximin de Vialar, né le 28 mai 1809, épousa en 1831 Rose-Alphonsine Bermond. Marie-Joseph-Jacques-François-Cécile Bermond avait été sous-préfet de Gaillac du 1er germinal an VIII au 5 mars 1823. Jean-Baptiste-Prosper-Hercule Bermond le devint le 9 octobre 1832.

(8) Le 11 février.

(9) Mgr Brault, archevêque d'Albi (1823-1833).

à Toulouse. On a sonné, on a chanté, on a mis de grands cierges. L'église de Saint-Etienne (10) et la place étaient remplies de monde. M. Mérilhou a perdu son temps; les Toulousains, et bien d'autres, ont vu passer ses ordonnances comme l'eau de la Garonne. Méritent-elles, en effet, plus d'attention ?

Les *Lislois* sont admirables; c'est un foyer ardent de carlisme, de catholicisme, de magnanisme (11). Ils sont là tout un peuple de bannis (12), et juge s'ils sont chauds et dévoués ! C'est de l'or tout pur que Charles X a là ! *L'Avenir* n'y paraît pas, il y serait brûlé. Oh ! comme on le traite, comme on le déteste ! Lamennais est traité de schismatique, d'hérétique, de révolutionnaire surtout. C'est l'Antéchrist à leurs yeux. Mais l'Antéchrist sera-t-il catholique ? Et qui l'est comme Lamennais ? Lui, hors de l'Eglise ! Lui, qui ne fait tant d'efforts, qui ne crie si haut que pour appeler la société entière dans la barque de Pierre ! Enfin il a soumis ses doctrines au Saint-Siège. Avant de le juger, attendons qu'on le juge. Il est vrai que ses doctrines sont neuves, mais tout n'est-il pas neuf aujourd'hui ? Tout se meut, tout se renouvelle ! Pourquoi une voix nouvelle aussi ne se ferait-elle pas entendre ?

A nos esprits flottants il faut d'autres oracles (13).

Et toi, mon cher, quand t'entendrons-nous ? quand verrons-nous tes vers à Lamennais (14) ? Quelle heureuse idée tu as eue là ! Dépê-

(10) L'anniversaire de la mort de Louis XVI fut célébrée en grande solennité à Toulouse, comme les années précédentes. Contrairement à ce que dit Eugénie, des troubles éclatèrent. Il y eut des manifestations bruyantes, des désordres, des cris hostiles (Cf. *Ami de la Religion*, 1er février 1831). M. Mérilhou, ministre de l'intérieur et de la justice, avait interdit, par mesure de prudence, de donner au 21 janvier toute solennité.

(11) Le mot n'existe ni en français ni en languedocien.

(12) Il faut entendre par bannis ceux à qui on avait imposé la démission pour refus de serment à Louis-Philippe et qui s'étaient vus dans la nécessité de rentrer chez eux, M. de Boisset par exemple.

Lisle et Rabastens étaient bien des centres de carlisme. On s'en défiait dans les sphères gouvernementales ainsi que le prouve une dénonciation anonyme qui fut envoyée à la préfecture, en 1831 :

« Notes sur certaines machinations qui ont lieu dans le département du Tarn de la part des Carlistes.

« M. de Castelbajac, ex-pair de France, demeurant rue de la ferme des Mathurins, à Paris, entretient une correspondance suivie avec les individus ci-dessous désignés :

« M. de Saint-Géry, habitant son château entre Lisle et Rabastens. (Mme de Saint-Géry est sœur de l'abbé Mac-Carthy);

« MM. de Puységur, ancien préfet de Montauban, ses deux fils; Gélis et Boisset; tous résidants à Lisle, doivent être surveillés de près.

« Des renseignements qui méritent confiance présentent ces individus comme s'occupant activement d'organiser la contre-révolution, se vantant d'être prêts à seconder l'armée espagnole qui, disent-ils, ne tardera pas à franchir les Pyrénées, et cherchant par tous les moyens à créer des partisans à la cause d'Henri V. Ils font de fréquents voyages à Toulouse, à Montpellier et les opinions qu'ils n'ont cessé de professer ne laissent aucun doute sur les buts de leurs démarches. » *Archives du département du Tarn.*

(13) Vers blanc, comme on en trouve beaucoup dans la prose d'Eugénie de Guérin.

(14) Poésie de Maurice composée à l'occasion du Procès Catholique de Lamennais.

che-toi de nous les envoyer. Il me tarde, il me tarde de les voir ! Que dit-on de la lettre du Père *Ventura* (15) ? On dit ici qu'il a raison.

La politique va toujours son train au coin de notre feu, car nous [*ne*] l'avons pas quitté. Mimin seulement est allée faire un tour aux Cabannes (16). La pauvre enfant était là comme un agneau parmi des loups, mais elle ne s'est pas laissée dévorer, je t'en réponds. Elle tenait tête à ces enragés et les poussait souvent hors de la raison; on n'a pas besoin de les pousser bien fort. Enfin elle a si bien fait que M. Cayla (17) lui a promis une prison perpétuelle. Bientôt on prendra les Anges.

Je n'ai rien à lire maintenant et je ne sais où aller pêcher des livres. Ils sont cependant aussi nécessaires que le pain dans des déserts comme les nôtres. Je n'ai rien de neuf à lire que les lettres de Louise qui valent bien des volumes. Sa dernière était de vingt pages (18). Malgré sa longueur, je l'ai trouvée courte. Ce sont de ces choses dont on a toujours soif comme de l'eau sucrée. Elle me mande que son âme est encore orpheline, mais elle ne le sera pas longtemps. Elle a trouvé un père débrouilleur (19) qui lui convient assez. Ceci me rappelle le mot de Saint-Evremond qui disait que, pour le service complet de certaines consciences, il fallait un débrouilleur, un confesseur et un directeur.

Et toi, que t'en semble ? Il me semble que tu serais servi complètement par un des trois. Je n'en désire pas davantage, mais je le désire bien vivement. Tu sais combien j'aime ton cœur, ton esprit et surtout ton âme. Soigne-la donc, cette chère âme, afin qu'elle ne soit pas un jour séparée de la mienne. Fais ton devoir enfin parce que c'est un devoir, et que tout honnête homme, et surtout un chré-

(15) Le Père Ventura resta pendant longtemps un chaud partisan de Lamennais, cherchant, comme lui, par sa parole éloquente et ses efforts, à concilier aux yeux des peuples la religion et la liberté. Il avait adressé à Lamennais une lettre qui fit sensation. Ses louanges n'étaient plus sans réserves.

(16) Une lettre de Marie de Guérin nous renseigne sur son séjour aux Cabannes et à Cordes.

« J'ai fait de la politique, écrit-elle à Louise de Bayne le 12 février 1831, jusqu'à en perdre haleine. J'étais au milieu de loups dévorants, mais je ne me suis pas laissée dévorer. L'on est bien fort quand on défend la vérité. Aussi ai-je tenu tête à quatre libéraux enragés qui voulaient de force me faire aimer philippe (*sic*). J'ai répondu que je ne l'aimerais jamais, jamais, jamais... Mais voyez comme ces messieurs sont galants : ils m'ont promis une prison si les étrangers viennent nous faire la guerre.... et encore une prison où je n'aurais tout juste que l'air nécessaire pour ne pas mourir. Vous devinez aisément où j'ai pu me trouver seule pour défendre la *Cause sacrée*. C'est Cordes que vous avez nommée... Vous allez me dire : « *Que diable alliez-vous faire dans cette galère ?* » J'allais y voir une petite cousine de seize ans qui sort des Feuillants. Je plains bien cette pauvre enfant d'être dans un aussi mauvais pays. »

(17) François Cayla, des Cabannes, entrepreneur des Ponts et Chaussées, marié à Marie-Anne Martin, parente des Guérin par les Fontanilles.

(18) Voir le début de la lettre d'Eugénie à Louise de Bayne, 11 fév. 1831. Tome I, p. 84.

(19) Un confesseur. Louise de Bayne mit fort longtemps pour choisir le prêtre des Montagnes à qui elle confierait sa conscience.

tien, doit les remplir tous (20). Mon cher ami, voici la saison des sermons. Que de choses je te dirais si je me mettais à prêcher ! J'en aurais bien quelque envie, mais j'aime mieux te sauter au cou que de monter en chaire. Je t'embrasse donc une, deux, trois, quatre, cinq, six fois. Mon Dieu, je ne t'écrirais que des embrassades, mais il faut dire autre chose que des tendresses.

J'ai commencé cette lettre il y a quelques jours. On a voulu at[*tendre*] une des tiennes avant de jeter celle-ci à la poste. Si le courrier ne nous porte rien aujourd'hui, celle-ci va partir pour te dire de venir. Les nouvelles d'hier ont fort alarmé papa. Paris est comme un volcan sans cesse en irruption (*sic*). Tandis que nous sommes ici fort tranquilles, tu es en danger d'être emporté. Ces troubles de Saint-Germain (21) ont été bien sérieux, et même ne savons-nous que ce qu'on a voulu nous laisser savoir. *L'Avenir* du 16 a été arrêté. On nous en veut bien à nous, pauvres Carlistes. Bientôt on trouvera quelque conspiration cachée sous le *Pater*. La foule pieuse qui remplissait Saint-Germain-l'Auxerrois a peut-être commis une imprudence, mais je gagerais bien qu'il n'entrait dans cette assemblée aucune pensée révolutionnaire.

Ta chère lettre est enfin arrivée (22). Il me semble qu'elle est bien courte. N'y a-t-il pas de grand papier à Paris ? Les grands événements n'y manquent pas non plus. Il [y] aurait de quoi écrire des volumes, de bien tristes volumes cependant. D'où peuvent donc sortir ces êtres, ces démons, ces monstres qui ont commis les horreurs que tu nous dépeins ? Les journaux ne nous en avaient pas tant dit. Mon Dieu, quel pays tu habites ! Tu me fais l'effet d'une bonne âme dans l'enfer.

Papa voudrait te savoir en lieu sûr, ici en un mot. Je le veux bien autant que lui, mais je ne vois pas qu'il soit pressant pour le moment de quitter Paris. Je compte ensuite sur ton ange gardien, notre cher Auguste, qui te gardera mieux que le roi ne garde la France. Le pauvre roi que nous avons là ! En vérité, il n'a d'autre vertu que l'obéissance. Je suis furieuse contre lui quand je pense qu'il a laissé effacer la seule chose qui nous disait qu'il était Bourbon (23). Ah !

(20) Eugénie ne néglige aucune occasion pour rappeler à son frère ses devoirs religieux.

(21) De graves troubles avaient éclaté le 13 février à l'occasion d'un service funèbre célébré à Saint-Germain-l'Auxerrois pour l'anniversaire de l'assassinat du duc de Berry. Ce service était une manifestation imprudente mais bien inoffensive. La populace, soulevée par des meneurs, se rua sur le presbytère de Saint-Germain qui fut saccagé et sur l'église qui fut violée. Le lendemain, l'émeute fut encore plus grave. La foule se porta sur l'Archevêché qui fut complètement dévalisé et démoli. On se crut à la veille d'une nouvelle grande révolution. (*Cf. Mémoires du duc de Broglie*, *Revue des Deux Mondes*, 1er janvier 1925.)

(22) Cette lettre est probablement celle du 26 déc. 1830, publiée en partie par M. A. Lefranc, *loc. cit.* p. 238.

(23) Sur la proposition et les instances de Thiers, sous-secrétaire d'Etat aux finances, Louis-Philippe avait signé un décret supprimant les fleurs de lys de l'écusson royal. Dans certaines communes du Tarn, ce décret fut exécuté de la manière la plus stricte.

dans quelles veines coule maintenant le sang de Henri IV !... Cela donne des transports d'indignation aux plus tranquilles. *Le Constitutionnel* (24) n'a pas menti en accusant notre département de Carlisme. Beaucoup de libéraux de l'an dernier seraient des nôtres maintenant s'il fallait se prononcer. A Castres, il y a eu quelques personnages marquants arrêtés pour embauchage pour l'Espagne (25). En un mot, le Midi est Carliste; chacun de nous est aussi un *baril de poudre* (26).

Je reviens une minute à toi. Papa se plaint que tu ne fais rien de ce que tu lui avais promis de faire. As-tu fait ton acte ((27) ? Suis-tu les cours ? Quand écris-tu dans un journal (28) ? Comment vis-tu ? Que fais-tu ? Papa te somme, de par son autorité paternelle, de répondre *exactement* à cette série de questions. Moi, je te somme aussi de m'envoyer dans ton prochain courrier la pièce que tu as adressée à Lamennais. Dis-moi ce qu'on pense des doctrines politiques de son journal. Papa est tenté de ne plus le recevoir. J'en serais fâchée; il y a de si belles choses !

Je commence à croire que les poissons auront goûté de notre vin. J'en suis fâchée pour votre estomac qui ne s'en serait pas trouvé mal. Papa va bien maintenant; il va partout où il allait, excepté au lit. Je suis tentée de croire qu'il y a quelque sort jeté sur mes draps (29). Il n'y en a pas du moins sur les miens car je dors comme une marmotte. Mimin en fait autant de son côté. C'est te dire que nos santés vont bien. Erembert est tout de bon sans *poids* ni *merure* (30). Il sort, il entre, il chante, il siffle. Il a beaucoup couru pour te chercher un homme. Tu as porté tout juste le dernier numéro du contingent :- 60. La masse n'a produit que 200 francs (31);

(24) Organe des conservateurs libéraux, le *Constitutionnel* jouit, pendant les dernières années de la Restauration, d'une énorme popularité à cause des procès dont l'accabla le gouvernement de Charles X. Thiers était un de ses principaux rédacteurs. En 1831, une scission avait éclaté dans la rédaction. Les modérés étaient traités de carlistes.

(25) On accusait les carlistes de France de recruter des partisans et de les envoyer en Espagne, en vue d'une guerre civile. Qu se passa-t-il à Castres ? Les *Annales du Pays Castrais* ne rapportent rien à ce sujet.

(26) Cette expression soulignée trouve son explication dans le fait qu'à Paris on venait de saisir une charrette chargée de barils de poudre et destinée, pensait-on, à un attentat manqué.

(27) En terme d'école, l'acte est la dispute publique où l'on défend une thèse. Maurice n'avait encore passé que le premier examen de droit. Son père désirait qu'il terminât ses études juridiques le plus rapidement possible.

(28) Au lendemain de son retour à Paris, au mois de novembre précédent, Maurice avait annoncé à sa famille son intention de collaborer à un journal. (Cf. sa lettre du 15 novembre 1830.)

(29) On ne manquera pas de remarquer l'ironie de la phrase. Eugénie n'est point superstitieuse; elle se moque finement de la croyance populaire, si répandue dans les campagnes, qui attribue la maladie des gens et des bêtes à de mauvais sorts jetés par des sorciers.

(30) Précédemment contrôleur des poids et mesures à Gaillac, Erembert venait d'être relevé de son emploi pour péché de carlisme. La protection de M. Decazes avait été insuffisante pour le maintenir en fonctions.

(31) J. de Guérin s'était entendu avec d'autres pères de famille et avait constitué avec eux une sorte de caisse d'assurance contre le tirage au sort de leurs

sur quatre qui la formaient, trois y sont demeurés. Au reste, tu as payé pour toute la commune. Sur quatre ou cinq, tu as été le seul bon. Je gage que tu étais le plus mauvais.

Adieu; écris-moi en long et en large. *Encaro uno pouto* (32).

XII

Monsieur Maurice de Guérin,
rue Joubert, n° 9, à Paris.

[Gaillac, 2 avril 1831.]

Causons un peu, mon cher Maurice, et d'abord parlons de tes vers (1). C'est la meilleure pièce que tu aies faite. Fais-en beaucoup comme celle-là et je te conseille de laisser le Code (2). Dis-moi si M. de Lamennais t'a répondu. C'est une bonne chose que ces moments d'inspiration qui vous viennent parfois; ils vous enchantent, et puis on enchante les autres. Je suis bien sûre, par exemple, que M. de Bayne sera enchanté quand il lira tes vers. Le nom de Lamennais suffit d'ailleurs pour le transporter au troisième ciel. Qui sait jusqu'où tes vers le transporteront ?

Louise vient de m'écrire une petite lettre de dix pages. Elle me demande de tes nouvelles. Je pense qu'elle doit bien s'ennuyer puisqu'elle écrit si longuement. Faute d'autre plaisir, elle se donne celui de noircir du papier. En tout cas, si elle ne s'amuse pas en m'écrivant, je m'amuse bien en la lisant. Mais je crois bien qu'elle s'amuse un peu, et que sa main n'écrit pas seule; son cœur, je crois, dit bien son petit mot. Cependant je me demande souvent d'où *me vient ce bonheur* d'être aimée d'elle autant qu'elle le dit. Ni nos goûts ni notre âge n'ont de rapport : elle aime le monde, et je ne l'aime pas; elle aime à courir, aller, venir, tourbillonner, moi je suis pour le repos et le calme; enfin elle n'a que dix-huit ans, et moi... C'est le secret que nous tenons le mieux, dit-elle. Mais il

enfants. Le conseil avait été donné par Raynaud. (Lettre de Maurice à son père, du 13 janv. 1831.)

(32) « Encore un gros baiser. »

Lettre 12. — 2 avril 1831. — Autographe inédit. La lettre porte les cachets de la poste de Gaillac, 2 avril 1831 et P. 77. P. Gaillac. Il y a aussi le n° 1 et le signe de paiement.

(1) Sa poésie à Lamennais à l'occasion du Procès Catholique.

(2) C'était abonder dans les idées de son frère pour qui l'étude du Droit manquait d'attrait.

n'est point d'âge pour le cœur, voilà pourquoi le sien et le mien sont si d'accord.

Voilà aussi pourquoi les deux nôtres s'aiment tant; de plus, on dit qu'ils se ressemblent comme deux gouttes d'eau. Qu'en dis-tu, mon cher ? Es-tu fâché de me ressembler en quelque chose ? Franchement, je ne voudrais pas te ressembler en tout, avoir la barbe par exemple, tes dents *rousses*. Souviens-toi que je te les arrache si tu ne leur fais pas changer de couleur. Et tes épaules, décrivent-elles toujours une ligne courbe ? C'est bien laid de se courber à vingt ans. Allons, j'espère que quand tu viendras, je ne te verrai te courber que pour m'embrasser. Alors je te permettrai de te courber souvent. Je voudrais que ce fût demain; car il me semble qu'il y a bien longtemps que tu es parti. J'ai publié partout que tu viendrais au mois de juillet. Nous serons là bientôt pour tout, excepté pour te voir. Il semble que le temps se double et se triple quand on attend un plaisir. Jamais il n'arrive.

Pour tout plaisir aujourd'hui, il nous arrive encore la pluie. Le beau temps n'est plus de demeure en France. Je crois que le ciel nous pleure; nous sommes si malheureux ! Voilà que, pour ses étrennes, le nouveau ministère (3) va augmenter les impôts de plus de moitié. Papa en paiera au moins 600 francs. Ceci va beaucoup refroidir l'enthousiasme de nos paysans à qui on avait fait avaler que les impôts étaient supprimés pour deux ans.

On n'a fait encore ici aucune diablerie qu'à coups de langue. Quelques Albigeois voulaient bien faire quelques coups de main, mais le préfet (4) les a tenus en bride. C'est un brave homme que ce préfet. Les forçats libérés ne mettraient pas Paris en combustion (5) s'il y était préfet de police. Le vilain homme que ce Baude (6) ! Que lui ont fait ces pauvres Bourbons ? Que ne peut-il aussi bannir Dieu du monde !... D'où sortent donc ces âmes scélérates ? On est tenté de croire que le Diable les fait. Quelqu'un a dit qu'on ferait arracher les lys des jardins. Mais qu'on vienne, nous les avons plantés quelque part d'où on ne les arrachera pas. Nos imbéciles d'Andillac ont regardé partout jusques sur le drap mortuaire,

(3) Le ministère Casimir-Périer qui arriva au pouvoir le 13 mars 1831.

(4) M. Saladin, préfet du Tarn depuis le 28 août 1830. Les libéraux d'Albi ne le trouvaient pas assez avancé et demandaient son changement parce qu'il n'était pas assez rouge, qu'il voyait l'Archevêque, etc.

(5) A Paris, des émeutes éclataient sans discontinuer. Après les pillages de Saint-Germain-l'Auxerrois et de l'Archevêché (14 et 15 février) la nouvelle du désastre de la Pologne fournit un nouveau prétexte de sédition (9 mars). Les agitateurs assaillirent le domicile de l'ambassadeur de Russie, puis se portèrent à la prison Sainte-Pélagie pour y libérer les détenus.

(6) Baude Jean-Jacques, baron, homme politique, rédacteur au *Temps*. Il signa la protestation des journalistes contre les Ordonnances de Juillet. Il devint préfet de la Manche, puis préfet de police sous le ministère Laffitte. Il développa, le 16 février, devant la Chambre des Députés, une proposition tendant à réclamer le bannissement perpétuel de la famille de Charles X et à ordonner la vente de ses biens si on ne les cédait pas dans les six mois.

car ils prenaient les larmes pour des lys; ils pourraient bien ne pas se tromper. Enfin, ils ont laissé le drap des morts avec ses larmes, pensant que c'était égal aux morts d'avoir des larmes ou des fleurs.

Papa est fort tenté d'abandonner *l'Avenir*. Tout le monde l'abandonne, et on est fort étonné que nous le recevions. Le nom de révolutionnaire et de schismatique lui est donné sans ménagement. J'avoue que je n'aime que la moitié de Lamennais, mais cette moitié est si belle qu'elle vaut le tout de bien d'autres. S'il ne pense pas comme nous, c'est que ses pensées lui viennent de plus haut. Peut-être a-t-il raison quand il semble qu'il déraisonne, car c'est ainsi qu'on traite ses théories politiques, ses principes sur la souveraineté du peuple. Je n'aime pas qu'on le blâme et je ne dis pas que je l'approuve, car j'ai peur que l'admiration me séduise. M. de Bellerive (7) trouve sa politique détestable, M. Facieu (8) en dit autant, M. Bories (9) même était un jour si fort outré qu'il fut au moment de lui écrire à la façon du P. *Ventura*. Malgré tout, je crois qu'il veut encore s'abonner à *l'Avenir*.

La grande députation de Gaillac (10) est de retour, fort mécontente de Paris et plus encore de Gaillac. Le roi, dit-on, les a mal

(7) Marie-Charles Martin de Bellerive, oncle d'Eugénie de Guérin.
(8) Henri Facieu, docteur à Cahuzac.
(9) Curé de Cahuzac (1829-1836).
(10) La délégation était composée de M. Rigal, maire, et d'autres notabilités de Gaillac. C'est devant cette délégation que Louis-Philippe caractérisa la tendance nouvelle de sa politique en disant : « Quant à la politique intérieure, nous chercherons à nous en tenir dans un *juste-milieu*. » Le mot fit fortune. Il y eut désormais le parti *Juste-Milieu*. (Cf. lettre d'Eugénie de Guérin à Louise de Bayne, 17 mars 1831, I, 123.)

Les archives départementales du Tarn conservent une copie de l'adresse qui fut lue à Louis-Philippe. En voici le texte qui nous donnera une idée de la phraséologie politique de cette époque :

« Sire,

« Liberté, ordre public. Tels sont la devise et le besoin de la France régénérée.

« En vous élevant sur le pavois, la nation était sûre d'obtenir ces deux biens inséparables. Le duc de Chartres, le duc d'Orléans lui répondaient de Louis-Philippe.

« Eloignée de la cité des Miracles patriotiques, la ville de Gaillac s'est associée à tous les généreux mouvements de la population parisienne.

« Nous avons arboré avec enthousiasme et fierté le drapeau tricolore qui rappelle et promet tant de gloires, et aujourd'hui, après des désordres arrêtés par la sage énergie de la garde nationale, le puissant exemple du vétéran de la liberté et le concours de tous les bons citoyens, nous venons déposer à vos pieds le juste tribut de notre amour et vous faire part des douces émotions qu'éprouvent nos cœurs français à l'aspect de la patrie sauvée une seconde fois. Au dehors, la France veut être indépendante de l'étranger; au dedans, elle veut être indépendante des factions, et, ce que la France veut, personne au monde n'a le pouvoir de l'empêcher.

« Nés dans une contrée agricole, dont un rigoureux hiver a compromis pour longtemps la prospérité, nos concitoyens ne savent pas désespérer de la providence; ils attendront sans impatience le fruit de leur travail, comme ils se reposent sur le Gouvernement de Votre Majesté, qui êtes notre providence politique, du soin d'assurer le développement des conquêtes de Juillet.

« Ces sentiments animent le peuple, la Garde nationale et les Membres du Conseil Municipal de la Ville de Gaillac; c'était un besoin pour eux de vous les exprimer; ils sont tous prêts à répondre à l'appel que vous leur feriez pour la défense de la patrie et celle de nos lois. »

accueillis. Un superbe pâté qu'ils portaient à la reine s'est démoli en route. Grand malheur, surtout pour un de ces messieurs qui avait mis, dit-on, là-dedans ses lettres de noblesse. Enfin, pour terminer la fête, on les a régalés à leur arrivée à Gaillac d'un mets qui se fait *bien sentir :* leur nez dirait s'il sentait bon. Voilà de vilaines vilenies. Les chiens ne se traiteraient pas pire.

M. Arnail (11) tire un parti admirable de ces galanteries. J'ai passé chez lui la soirée de dimanche et la journée de lundi. Chaque dame arriva avec sa servante et son chien, le cercle s'établit autour d'un grand *calel* (12), et de plus quatre jambons pendaient comme des lustres sur les quatre vénérables. Nouvelles là bourdonnent, il faut voir ! Sûres ou non, fausses ou véritables, tout est d'aloi. Bonne-maman (13) nous fait depuis quelque temps autant de caresses qu'à son chien. C'est charmant pourvu que ça dure. Mme d'Adhémar est bien, sans mentir, la perle fine du lieu; puis, vient le curé qui est un gros brillant (14). Je sais qu'il t'aime beaucoup; mais qui ne t'aime pas ? Mlle Athénaïs (15) a demandé de tes nouvelles, non pas la petite. Celle que je veux dire fait les vers admirablement; on la compare à *Lamartine* quelquefois. Je voudrais bien en voir quelques-uns, mais ce n'est pas chose aisée, elle cache son trésor comme un avare.

As-tu revu Mme de Lamarlière (16) ? C'est une charmante conquête que tu as faite là. Elle a écrit à sa fille force choses aimables sur ton compte. Louise en a plaisanté (17). Elle trouve que ces vieilles figures ont raison d'entourer leur vieux fauteuil de ce qui est jeune et aimable.

Voilà des enfantillages que je te débite là, mais je t'écris tout ce qui me passe par la tête sans rien renvoyer. S'il y vient du gai, tu as du gai; si c'est du triste, tu as du triste; si ce n'est rien, tu n'as rien. Mais ce n'est pas vrai, j'ai toujours quelque chose pour toi; c'est tantôt une tendresse, tantôt un reproche, une envie de te voir, de te parler, de courir par-ci par-là avec toi.

Devine ce que je fais ? Je ne fais rien, mais rien que quelque triste pied de bas. Quand je puis lire, je lis, mais des livres aussi sérieux

(11) Notaire à Cahuzac, oncle d'Eugénie.

(12) Petite lampe à huile, ordinairement en laiton, de même forme que la *lucerna* des Romains, ayant une queue pour la suspendre. On l'employait beaucoup autrefois dans les fermes du Midi de la France.

(13) La grand'mère d'Eugénie, Reine-Sabine-Libérate de Verdun, vivait retirée à Cahuzac.

(14) Allusion à la taille de M. Bories et de Mme d'Adhémar.

(15) Athénaïs d'Albenas, sœur de Mme d'Adhémar. Elle habitait Toulouse.

(16) Mère de Mme d'Huteau, de Gaillac. Maurice lui avait rendu visite en arrivant à Paris et avait conquis ses bonnes grâces.

(17) Extrait de la lettre de Louise de Bayne à Marie de Guérin, fin 1830 : « Voilà M. votre frère bienheureux de faire la conquête d'une beauté du *bel âge de quatre-vingts ans*; mais c'est plutôt elle que je trouve heureuse. Ces vieilles dames aiment fort d'entourer leur *vieux fauteuil* de ce qui est jeune et aimable. Il est bien assez d'être soi-même une *antique* sans en remplir sa maison. Votre frère trouvera sa société assez agréable; on oublie qu'elle n'est plus jeune; son esprit est encore piquant et aimable. »

qu'un pape, des ascétiques. Je trouve cette lecture fort agréable, c'est plein de sentiment et de poésie. Je me nourris de cette pâture, faute d'autre, peut-être, mais je ne m'en trouve pas mal. On est du moins bien assuré que le fruit qu'on en retire n'est pas un revenant-bon (18) pour le diable, ce que je ne dirais pas de bien d'autres ouvrages.

Je crains bien que tu me grondes tout de bon de rester toujours dans la paresse. Eh bien ! gronde-moi, tu ne me gronderas pas autant que je me gronde et que je le mérite. La tête me fait mal, je m'ennuie souvent, moi qui ne m'ennuyais jamais. Ce doit être en punition de mes péchés. Est-ce que je t'aimerais trop par hasard ? Oh ! dans ce cas, je suis inconvertible. Papa m'a promis une ânesse après Pâques pour me divertir. Le charmant joujou ! Autrefois je m'en faisais un de ma plume; maintenant je n'en fais de rien; c'est qu'il vient un âge où toute l'enfance s'en va.

Oh ! que ne peut-on revenir
Aux jours de sa jeune existence !
Je donnerais mon avenir
Pour une heure de mon enfance.

Je crois que je commencerais une élégie. C'est tout naturel, voici la semaine des Lamentations. Mon Dieu, cette semaine sainte devrait bien m'inspirer autre chose ! Adieu donc le monde et tout ce qui est du monde. Je m'en vais à Andillac garnir une chapelle (19) qui sera blanche, verte et rouge. Tout cela fera bien prier Dieu tous ceux qui la verront. « *Prego Dious qu'aquos pla poulit* » (20), disent ces femmes à leurs enfants.

Nous ne sommes pas encore de l'Association Albigeoise (21), mais nous en serons dès que M. Bories aura le temps d'organiser quelque chose. Depuis le carême, il n'y a pas moyen de le voir, excepté pour ses repas; il est cloué dans son *pécatoire* (22). Il faut bien que j'aille un de ces jours lui porter mon paquet. Je m'en vais m'occuper de cette seule pensée, si je puis, car il faut bien que le bon Dieu règne seul quelquefois. Après, ce sera toi, papa, mille choses. Voilà qui met le cœur en pièces. Heureux les saints qui le conservent tout entier comme un beau miroir où Dieu aime à se contempler ! Voilà du mystique, mais je sais que tu me comprends et que tu aimes

(18) C'est-à-dire un profit et un avantage.
(19) Celle du reposoir, pour le Jeudi saint.
(20) « Priez Dieu parce que c'est bien joli. »
(21) L'*Association Albigeoise* dépendait de l'*Agence générale pour la défense de la Liberté religieuse*, établie à Paris et patronnée par Lamennais, Lacordaire et Montalembert. Voir *Lettres d'Eugénie de Guérin à Louise de Bayne*, Tome I, page 96, note 23.
(22) Nom patois à terminaison française. *Lou pécatori* est le lieu où l'on confesse les péchés, le confessionnal. On peut voir ici une intention malicieuse. Eugénie de Guérin doit se moquer de quelque paysanne qui, ne connaissant que sa langue maternelle, a voulu se donner devant elle un brevet d'éducation française.

aussi bien que moi le mystique de Fénelon, de saint Augustin, de Bossuet. Ce dernier en a beaucoup dans ses lettres de direction. Ceci, par exemple :

Quand la douce plaie de l'amour commence à se faire sentir à un cœur, il se tourne sans cesse du côté d'où lui vient le coup. Il veut à son tour blesser Dieu qui dit dans le saint Cantique : « Vous avez blessé mon cœur, ma sœur, par un seul de vos cheveux qui flotte sur votre cou (23). » Il ne faut pour blesser l'Epoux que se laisser aller au doux vent de son inspiration, le moindre cheveu, le moindre de ses désirs, car tout est dans le moindre et dans le seul.

Que cela est beau ! Que c'est doux ! Lamartine a de ces pensées. Je ne doute pas que son génie ne tirât un parti admirable de ces admirables pensées semées çà et là dans les livres de piété. On ne m'a pas encore rendu les *Harmonies*. Il me tarde de les revoir, car j'aime presque autant un beau livre qu'un bon ami.

Adieu, mon bon, mon cher, mon très cher ami. Il faut que je laisse de la place à papa qui veut te dire quelque chose. Adieu, donc je te quitte sans te quitter.

XIII

Monsieur de Guérin,

rue Joubert, n° 9, à Paris.

1er Mai 1831.

Vois ce que c'est que d'aimer quelqu'un, mon cher Maurice ! Il vous arracherait un œil qu'on le regarderait de l'autre avec tendresse (1). Tu viens de tapager, de me gronder, et moi je viens te remercier, non pas de tes grondades (2), mais du joli morceau que tu nous a fait lire dans *l'Avenir* (3).

Sans te parler de nous, les juges du pays, M. Bories et M. Facieu, l'ont trouvé charmant. Enfin te voilà lancé ! Marche, marche, c'est

(23) *Cantique des cantiques*, IV, 9 : « *Vulnerasti cor meum, soror mea sponsa...* »

Lettre 13. — 1er mai 1831. — Autographe inédit. — La lettre porte les cachets de la poste de Cordes, 1 mai 1831; de Paris 5 mai 1831; P. 77. P. Cordes.

(1) Pensée empruntée à saint François de Sales : « Quoique vous fassiez, écrivait-il à quelqu'un qui l'outrageait, je tiendrai mon cœur à deux mains, et vous ne réussirez jamais à me fâcher contre vous. Vous m'arracheriez un œil que je vous regarderais encore de l'autre avec affection. »

(2) Mot emprunté au languedocien.

(3) L'article sur les *Procès de la Presse*, paru sans signature dans *l'Avenir*, n° du 15 avril.

ce que tou[illegible]te crie avec moi. Que n'étais-tu là quand papa a lu ton [illegible]es noms de paresseux, d'apathique et autres menues épi[illegible]qu'il t'avait données ont été bien vite oubliées. C'en est fait, vous voilà d'accord et pour toujours, j'espère; car je ne pense pas que tu reviennes sur tes pas après un début si encourageant. C'est pour la seconde fois que je t'écris depuis ta dernière lettre, mais tu ne recevras que celle-ci. Je te le dis, de peur que tu n'ajoutes le péché d'oubli à tous ceux dont tu m'accuses.

Certes, ton bon ange ne t'inspire pas toujours; c'est bien quelque petit diable, bien méchant et bien menteur, qui t'a soufflé que j'étais une femme de mauvaise volonté (4). Non, non, ce n'est pas le cœur au bout de la plume que tu m'as écrit *qu'il n'y avait pas volonté aussi opiniâtre que la mienne. Durus est hic sermo* (5). Oui, c'est tellement dur que je ne l'avalerai de ma vie. Oui, je vivrais mille ans et plus que j'aurais toujours ces mots sur le cœur comme une pilule de fiel. Méchant, cruel ! Qui mérite ces noms ? Mon cher Maurice, qui me traite sans ménagement, sans pitié, pour un peu de paresse toute *fraternelle*. Oui, mon cher, nous nous ressemblons tous deux jusques dans nos défauts. Tu fais bien de vouloir me corriger, mais l'arbre a pris son pli. C'est comme le marronnier; je crains que ma paresse [*ne soit*] aussi enracinée dans moi que cet arbre l'est dans le pré. Voilà encore de la mauvaise volonté, vas-tu dire. Non, mon cher, c'est tout simplement ce que je pense quand je ne pense pas; car, en réfléchissant, je crois que pouvoir c'est vouloir pour bien des choses. Je veux donc faire l'essai de mon libre arbitre. Tu auras des vers (6) * pourvu que je mange, pourvu que je dorme, * pourvu que je sois levée. Je tête encore mon ânesse. Je crois que * ce lait me fera du bien. Il me tarde car je suis seule à l'hôpital * maintenant. *

Papa dort enfin comme tout le monde, dans un lit. Aussi va-t-il promener sa bonne santé à Toulouse (7). Il voudrait bien nous prendre, mais je ne m'en soucie pas beaucoup. * D'ailleurs, tout nous * manque pour nous habiller de la tête aux pieds. Notre bourse est * maigre comme un estomac à jeun. Il faudra donc faire des toi- * lettes. *

Je ne me passerai pas aussi aisément d'aller à Rayssac où Louise nous tend les bras. Peut-être irons-nous à la fin de mai. Je t'écrirai de là, si j'y vais. En attendant, je vais me soigner, me dorloter pour

(4) Maurice, dans sa lettre du 9 avril, avait une fois de plus réclamé des poésies à sa sœur, la suppliant de ne pas laisser son talent dans l'oisiveté. — Les mots en italiques dans la phrase suivante sont de Maurice.

(5) Saint Jean, VI, 61 : « *Durus est hic sermo.* — Cette parole est dure. »

(6) L'insistance de Maurice paraît devoir l'emporter.

(7) M. de Guérin en se rendant à Toulouse avait l'intention de consulter le célèbre docteur Viguerie.

que Louise ne me trouve pas trop vieille (8). A[illegible]se m'écrit des lettres qui me font plaisir et peine. Ce sont [illegible]es reproches d'oubli (9). Ça me désole, moi qui suis aux antipodes de l'indifférence, de m'en voir toujours accusée. C'est qu'elle ne reçoit mes lettres qu'après qu'elles ont fait le tour du monde. Ainsi, tes vers que je lui ai envoyés courent encore ou se sont cassés le cou en chemin.

Erembert est ici, assez bien portant, mais il lui manque un chien pour son bonheur. L'Illustre (10) est fraîche comme un printemps. Si elle ne t'écrit pas, c'est que je jase pour deux.

M. Bories nous est venu voir, il y a quelques jours, avec Mme et M. d'Adhémar (11). Ce n'était pas un trio d'esprit, mais deux seuls en ont bien pour quatre. On rit, on joua, on politiqua. M. de Lamennais ne fut pas oublié, c'est notre ami et notre ennemi tout à la fois. Personne ici ne partage ses doctrines politiques, pas même M. Bories. On s'en apercevra dans la réponse qu'il vient de faire (12) à la lettre que M. de Lamennais lui a fait écrire au sujet de l'Association Catholique. Cette réponse est partie avant-hier. Tâche de savoir avec ces messieurs comment elle a été accueillie, et mande-le-nous tout de suite (13). M. Bories t'en prie. Il est bien sûr que sa réponse n'est que l'expression de *tous* les gens bien pensants de tout le pays. Même les modérés, comme M. de Bellerive, tout en admirant *l'Avenir*, détestent sa politique. * Enfin papa passe pour libéral; le bruit
* même a couru jusqu'à Caylus qu'il avait lui-même acheté le dra-
* peau tricolore. Figure-toi quel *f*... papa a fait en entendant cette
* accusation. *

Pour en revenir à Lamennais, d'où vient que cet homme, que ce génie est si peu compris ? Une fusion, si elle était possible, une fusion de ses doctrines avec celles des royalistes, non pas des *ultras*, mais des modérés, des raisonnables, produirait un bien infini; tous, tous se rallieraient à ses drapeaux, c'est positif. *Cette chère Légitimité* sera toujours entre lui et nous la pomme de discorde. J'aime tant *l'Avenir* que je voudrais pouvoir dire que je l'aime, et on ne le peut pas; à peine vous permet-on de le défendre. Je ne sais même pas le faire. Ainsi, sois son avocat. Envoie-moi, je t'en prie, dans ta première lettre une apologie bien claire et bien raisonnée des doc-

(8) Eugénie de Guérin n'avait pas revu son amie des Montagnes depuis que Louise s'était fixée à Rayssac, après la Révolution de Juillet.

(9) Les lettres mettaient un temps infini quelquefois pour aller du Cayla à Rayssac. D'où les tendres reproches mutuels d'indifférence ou d'oubli que se faisaient souvent les deux amies.

(10) Surnom familier donné à Marie.

(11) Cette visite faite au Cayla par la famille d'Adhémar et M. Bories est racontée presque avec les mêmes termes dans la lettre d'Eugénie de Guérin à Louise de Bayne du 19 avril 1831.

(12) Eugénie l'appelle ailleurs une *lettre à la Ventura*, parce qu'elle mêlait les critiques aux louanges. (Cf. *Lettres à Louise de Bayne*, I, 106, note 10.)

(13) Le 20 mai, Maurice répondit qu'il n'en avait pas des nouvelles.

trines de [illegible]. Je puis te dire d'ailleurs que ta petite opinion a une gr[illegible]nce dans le pays. Moi-même, je trouve dans ces doctrines bien [illegible] choses qui heurtent tout ce que j'avais cru jusqu'ici, c'est-à-dire que j'admire Lamennais sans trop le comprendre, comme un mystère. Je ne comprends pas, entre autres choses, que l'esprit de révolte et celui du christianisme, qui est par essence un esprit de paix, puissent faire alliance. Vit-on jamais de révolte chez les premiers chrétiens qui étaient bien autrement tyrannisés, bien autrement opprimés par les puissances que ne le sont les chrétiens d'aujourd'hui ? La légion thébaine (15), la légion fulminante (16) ont-elles tiré l'épée ? N'en avaient-elles pas le droit si la Pologne, si la Belgique l'ont eu ? Dieu et la Liberté (17) n'étaient donc pas compris des martyrs comme les comprend Lamennais ? Car les martyrs n'ont jamais levé le bras contre les ennemis de Dieu et de la Liberté. Enfin, je croyais que l'esprit du christianisme consistait dans la soumission, dans la prière, dans les larmes en toute adversité contre toute tyrannie, et qu'il valait mieux mourir comme Jésus-Christ en pardonnant à ses bourreaux plutôt que de leur rendre mal pour mal.

Réponds-moi là-dessus. Tu ne répondras pas à moi seule, c'est à peu près à tous les amis de *l'Avenir*. Quelqu'un disait que Lamennais était la plus mauvaise tête du siècle. * Plaise à Dieu que le siècle l'ait * aussi bonne (18) ! * Enfin, ses doctrines sont une autre apocalypse, chacun les interprète à sa façon, et chacun semble avoir raison. Me voilà poussée et repoussée de *l'Avenir* à *la Gazette* (19), de Lamennais à Bossuet. Ce sont deux puissants maîtres que ces deux grands hommes. On voudrait qu'ils fussent d'accord. Peut-être, si Bossuet vivait, il céderait aux ultramontains ce qu'il se vit presque forcé d'accorder aux gallicans. Alors ces deux soleils n'en feraient qu'un; quelle lumière !

Gazette de Cahuzac. — Il n'est question que de la grande conquête que vient de faire M. le curé. Devine quel est le gros poisson que vient de prendre ce gros pêcheur; il en vaut la peine. C'est M.*F.*(20),

(14) Ainsi s'explique l'apologie des doctrines de *l'Avenir* que Maurice envoya chez lui dans une des lettres suivantes. Ce fut sa sœur qui l'avait provoquée.

(15) La légion thébaine, composée de chrétiens, préféra se laisser massacrer plutôt que de sacrifier aux idoles, sous Domitien.

(16) Nom que l'on donna à la légion Mélitine, composée elle aussi de chrétiens. On raconte que dans une expédition contre les Sarmates, où l'armée faillit périr de soif, elle attira sur elle par ses prières une pluie abondante, et une grêle mêlée de foudre sur les ennemis.

(17) Ces deux mots étaient la devise de *l'Avenir*.

(18) La phrase est effacée dans le manuscrit.

(19) La *Gazette de France* fut un des principaux organes royalistes de la Restauration; elle eut alors, comme grands rédacteurs, de Maistre et de Bonald. Sous le gouvernement de Juillet, elle devint un journal d'opposition modéré. Dans la même période, la *Gazette du Languedoc* était le journal légitimiste de Toulouse.

(20) Voir sur la conversion de M. F[acieu], docteur à Cahuzac, la lettre d'Eugénie à Louise du 1er mai 1831. Tome I, page 106.

qui, après plusieurs pas en avant et en arrière [illegible] le grand pas; il est allé se confesser. Le voilà l'homme [illegible]reux du monde, d'accord avec sa femme, d'accord avec [illegible] conscience. Il avoue lui-même qu'il jouit d'un calme indicible.

Dis-nous comment tu as fait connaissance avec l'abbé Lacordaire (21), c'est une connaissance infiniment flatteuse et avantageuse pour toi. — Dis-moi si tu as retrouvé les livres à l'hôtel Ventadour (22). — Adieu, mon bon Maurice, je ne voudrais te quitter, mais papa le veut.

Papa se sert de ma plume afin de pouvoir te dire plus de choses en moins de place.

[*de J. de Guérin dictant à Eugénie.*]

Si rien n'est plus cruel pour le cœur de l'homme, mon cher enfant, qu'une espérance déçue, ainsi que tu le dis dans le premier et excellent article que tu as donné dans *l'Avenir* (23), et que tu aurais dû signer, ainsi que tous ceux qui l'ont lu et admiré me l'ont dit et que je te le dis pour tous les morceaux que tu inséreras dans ce savant journal, combien ne doit-il pas être cruel pour moi, qui ai tout fait pour mes enfants, de voir que vous rendez inutiles, par une indolence inconcevable, jusqu'aux heureux talents que la Providence vous a donnés ? Sans se vouer à la chicane, on peut et on doit se livrer à l'étude du Droit, sans lequel on ne peut parvenir à aucun emploi. Cette seule cause devrait être pour toi une puissante détermination de hâter cette étude, ne fût-ce surtout qu'à cause de ma détresse qui t'est assez connue et des moyens que tu pourrais en tirer à l'exemple des premiers talents de ce siècle à la suite desquels j'ose te croire capable de marcher. Quant aux examens que tu as tant différés de subir, je cède aux convictions, et par preuve de maint et maint docteur en diverses Facultés, qu'il ne faut que savoir lire pour s'y présenter. Si tu prolonges ces examens, ainsi que que tu l'as fait, pourras-tu faire tous tes actes pendant la troisième année ? Cependant, et je te le dis avec calme, il m'est impossible de te fournir douze ou quinze cents francs pour passer une année à Paris; c'est ce que tu me coûtes presque tous les ans depuis que tu es sorti du collège. A ce sujet, veuille dire à Auguste que, quelque désir que j'aie de l'obliger, il me serait impossible de lui envoyer les cent pistoles qu'il m'a demandées (24) et que je lui ai promises pour septembre prochain, si, indépendamment de cette somme, il me fallait encore y ajouter six ou sept cents francs pour toi. Je voudrais bien une explication là-dessus. Ma position me force de dire à Auguste que cet argent sera à compte de ce que je lui devrai l'année suivante.

(21) Maurice et Lacordaire se connurent aux bureaux de *l'Avenir*.
(22) Il est occupé par le Théâtre italien.
(23) L'article *Des Procès de la Presse*.
(24) La pistole, valeur de compte employée dans le Midi, représente 10 francs.

Te voilà donc devenu journaliste. Sera-ce un état pour toi ? Où cela pourra-t-il te conduire ? Tu dois le savoir. Tu sais ma position, tu dois connaître la tienne et te conduire en conséquence. Viens, je ne prétends pas t'empêcher de retourner auprès d'Auguste pourvu que ce ne soit pas en vain. Mais, pendant le temps que tu seras ici, pourras-tu continuer d'écrire dans *l'Avenir ?* Je voudrais bien qu'Auguste me tînt au courant de son mariage (25). Je pense que tu ne l'ignores pas.

On m'offre en ce moment un notariat pour Erembert. Nous le voudrions tous, mais il me faudrait *20.000* francs pour cela. Où les prendre ? Ce notariat est à Montmiral. C'est sur toi que j'ai toujours compté. Fais que je ne sois pas trompé dans mon espoir et dans celui de te voir bon chrétien. As-tu fait tes Pâques ? La foi sans les œuvres ne justifie pas (26).

Par l'intérêt que je prends à *l'Avenir*, je viens, après M. Bories, m'en entretenir avec toi. Pas un royaliste qui ne fulmine contre les doctrines politiques de ce journal, malgré sa prééminence sur tous les autres sous le rapport du talent des écrivains. Ton article a cependant convenu; mais me voilà passant pour libéral dans le sens de la révolution, recevant ce journal et ayant un fils qui y écrit. Que ne garde-t-il au moins le silence sur la Légitimité puisqu'il ne veut pas la défendre ? Ce silence lui donnerait des amis et plus d'abonnés qu'à aucun autre journal. M. Bories courrait risque d'être *interdit* s'il se mettait à la tête de l'Association Catholique (27). Continue, malgré tout cela, d'écrire avec MM. de *l'Avenir*, tu ne saurais avoir de meilleurs maîtres. Je voudrais bien, par l'intérêt que je prends à ces messieurs, que Rome approuvât leur doctrine. Ça tarde bien à venir.

Ton remplaçant est parti le 20. Il a voulu que je lui donne ton adresse. C'est un nommé Hébrail, de Najac, Aveyron. S'il vient à passer, donne-lui seulement pour boire, je l'ai assez étrenné. Je vais prendre les eaux d'Andabre (28) ici, c'est-à-dire en bouteille. Ne pourrions-nous pas t'écrire à l'adresse de Paul Raynaud (29) ? Dis-le nous. Adieu, je t'embrasse en me disant ton bon père.

De Guérin.

[*P.-S. d'Eugénie.*]

Tu sais que je n'aime pas le papier blanc; je m'en vais donc noircir celui qui reste. Je trouve d'ailleurs tant de plaisir de causer avec toi que je voudrais sans cesse écrire, écrire !

(25) Auguste Raynaud, épousa le 29 août 1831 Félicité Vernois.
(26) Saint Jacques, II, 24 : « *Ex operibus justificatur, non ex fide tantum.* »
(27) Mgr Brault, archevêque d'Albi, se déclara ouvertement contre les doctrines de *l'Avenir*.
(28) Andabre, arrondissement de Saint-Affrique, Aveyron. Ses eaux bicarbonatées sodiques ou ferrugineuses sont recommandées contre les gastrites.
(29) M. de Guérin voudrait obtenir par ce moyen la franchise postale. Il en avait usé, d'ailleurs, pour une des lettres précédentes.

Que je te conte un peu ce que je fais. Voici le journal de ma vie. Je me lève à sept ou huit heures. Après avoir pensé à mon âme, je pense à mon estomac, puis je monte, je descends, j'écris à Louise, à Gabrielle. Quelquefois je prends un livre. Je lis maintenant l'*Histoire de l'Eglise*, par Bérault-Bercastel (30). De quelles erreurs veut parler *l'Avenir* en annonçant une nouvelle édition de cet ouvrage ? Je pense qu'on veut parler du gallicanisme qui s'y trouve à chaque page. J'ai vu dans *l'Avenir* l'annonce d'un livre que je veux que tu me portes. Il est intitulé : *Entretiens d'un missionnaire et d'un berger* ou *Les vérités de la foi mises à la portée de tout le monde*. Informe-toi du prix.

XIV

Monsieur Maurice de Guérin,
rue Joubert, n° 9, *à Paris.*

17 juin 1831.

Je suis dans tous les apprêts d'un long voyage (1), mais je veux te dire adieu avant de partir, mon cher Maurice. Il est d'ailleurs bien temps que je réponde à ta belle épître du mois de mai (2). M'as-tu cru morte ou indifférente ? Ce n'est ni l'un ni l'autre, mais je suis une coureuse, et tu sais qu'on n'écrit pas en courant. Cependant l'envie de m'asseoir pour t'écrire me suivait partout. Me voici enfin assise et je t'écris.

Tu sais, je pense, mon voyage (3) à * Toulouse. * Que te manderai-je du grand monde que je viens de voir ? Qu'il me tardait de le quitter et de revoir mon petit Cayla, ma petite chambre, mes petites bêtes. Tout ça ne vaut-il pas mieux que ce tintamarre des villes ? J'aime mieux le chant du coq que les cris des décrotteurs et des revendeu-

(30) C'était la meilleure histoire de l'Eglise à cette époque. Il en paraissait une nouvelle édition, corrigée et augmentée par M. Pilier de Lacroix. A Besançon, chez Gauthier frères. M. Pilier y prend la défense des Papes et cherche constamment ce qui peut les justifier.

Lettre 14. — 17 juin 1831. — Autographe inédit. La lettre porte les cachets de la poste de Cordes, 18 juin 1831; de Paris, 22; P. 77. P. Cordes; n° 1; le signe de paiement.

(1) Le voyage de Rayssac, chez son amie Louise de Bayne. Eugénie devait partir le lendemain, samedi.
(2) La lettre du 20 mai qui contenait une apologie de *l'Avenir*.
(3) Le récit de ce voyage à Toulouse se lit également, mais avec moins de détails, dans la lettre à Louise de Bayne du 9 juin 1831. Tome I, p. 114.

ses. Cependant je ne me suis pas ennuyée à * Toulouse. * J'ai été si bien reçue de ma cousine et de tout le monde, j'ai tant couru et j'allais si vite que l'ennui n'a pas pu m'atteindre. J'ai vu des fous, j'ai vu des sages dans mes courses, car on voit un peu de tout en courant. Nous avons dîné un jour chez un chanoine (4), un autre jour aux portes d'un couvent, et le lendemain aux antipodes de l'Eglise, chez un libéral. C'est là que j'ai rencontré un fou, le plus fou des fous, accompagné de six satellites. C'était bien Satan et ses anges. On politiqua d'abord en partant de ce principe : qu'il n'y avait pas de droit divin, ou que, s'il y en avait, ils ne le reconnaissaient pas. Dieu sait les absurdités qui sortirent de là ! Société, religion, bon sens, tout fut renversé. Comme on va de travers quand on ne prend pas Dieu pour guide ! Papa et moi faisions là un grand contraste. mais le plus souvent nous écoutions *du temps que les bêtes parlaient* (5). Oui, bêtes, car il n'y a plus rien de l'homme dans un homme qui parle comme parlerait son chien s'il avait la parole. Tu devines que ce dîner tricolore était chez * le parrain de Marie (6).* Au reste, il nous accueillit très bien, nous parla de toi, mais son dîner me donna une indigestion de libéralisme qui m'a dégoûtée plus que jamais. On avale à ces dîners plus d'absurdités que de pain.

Quelle différence avec le dîner du lendemain, chez les dames * d'Albenas (7). * C'était passer du rouge au blanc. Je n'ai rien vu de plus fin, de plus délicat que ce dîner, rien de plus gracieux, de plus prévenant, de plus aimable que les hôtes. Frères, sœurs, belle-sœur ont de l'esprit à foison, de la bonté, des grâces tant qu'on veut.

Ces dames craignent beaucoup que tu deviennes Lamenniste (8), car il est impossible, disent-elles, de résister à l'influence de ce génie quand il vous parle. Nous avons beaucoup causé à ce sujet, mais sans rien gagner d'aucune part. Ces dames voient Lamennais comme un autre Samson ébranlant les colonnes de l'édifice qu'il aurait pu

(4) Probablement chez le chanoine de Tonnac-Villeneuve, oncle des amies d'Eugénie. Il habitait, 13, rue Saint-Antoine du Taur.

(5) Locution proverbiale détournée de son sens. Eugénie ne se montre pas tendre pour le libéralisme. Il est curieux de le constater et de voir que de tels sentiments peuvent coexister dans son âme avec son amour de Lamennais.

(6) M. Corbière, parrain de Marie. Né à Graulhet le 4 sept. 1759, mort à Toulouse le 21 juillet 1845. Lieutenant de juge à Guitalens sous l'Ancien Régime, puis membre du Directoire du Département en 1792; membre du directoire du district de Castres en l'an II; procureur syndic du district de Lavaur en l'an III; juge en la Cour de cassation en l'an VII; membre de la Légion d'honneur et procureur impérial près la cour d'appel de Toulouse le 31 août 1806; baron d'Empire en l'an 1813; déposé par la Restauration et vivant à Graulhet; rappelé par Louis-Philippe au parquet de Toulouse; procureur général en 1830; président de la cour d'appel de Toulouse, puis président honoraire. Il fut élu à la fois, le 16 mai 1815, par le collège du département et par celui de l'arrondissement de Lavaur. Il a occupé le 8e siège au conseil général du Tarn de 1831 à 1833, et dans la même assemblée a représenté le canton de Graulhet jusqu'en 1842. (*D'après les renseignements contenus dans l'Annuaire du Tarn*, 1904.)

(7) Parentes de Mme d'Adhémar, de Cahuzac.

(8) On appelait les partisans de Lamennais tantôt Lamennistes tantôt Lamennaisiens, comme on dit aujourd'hui Guérinistes ou Guériniens.

soutenir. Ce sentiment est général sur son compte. Ce n'est pas le mien, bien loin de là, mais un œil y voit-il mieux que mille ? Quand on voit presque tous les catholiques, presque tout le clergé, presque tous les évêques se taire ou condamner, on n'ose rien dire. C'est au point que je n'ose pas dire quel journal nous recevons quand on me le demande, parce qu'on répond tout de suite : « C'est un bien mauvais journal; Lamennais fait un mal affreux à l'Eglise, c'est un autre Tertullien (9) », et autres choses * aussi absurdes (10). Mais qu'on dise * ce qu'on voudra; je laisse dire et j'admire. Comme tu le dis, les * doctrines de Lamennais s'appuient sur la vérité, peu de personnes * la reconnaissent : un peuple seul adorait le vrai Dieu quand l'univers * était païen. Les Lamennistes sont les Hébreux d'aujourd'hui. * Espérons. Israël deviendra un grand peuple. Tu me dis de croire, * et tu vois que je crois... et comment ne pas croire à l'..... ? Ton * apologie des doctrines de *l'Avenir* me fait l'effet d'un serment, * un... * grand merci, mille fois merci. Ta lettre est superbe franchement, je la place avec *l'Avenir.*

Cependant, après l'avoir bien admirée, lue et relue, je l'ai un peu grondée, car elle ne me disait rien de toi. J'aime bien Lamennais, mais, comme je t'aime par-dessus tout, il me faut savoir quelque chose de toi, ce que tu fais, ce que tu penses; ceci est pour le cœur, il lui faut sa part partout, surtout dans une lettre, et c'est ce qui manque quelquefois dans les tiennes. Souviens-t'en bien, car moi je m'en souviens.

Notre cousine (11) nous a traités on ne peut mieux. Elle m'a dorlottée, mitonnée (12), sucrée comme une fille unique : * puis, des * cadeaux, robes, chapeaux, bas, souliers et santé. J'apporte tout * neuf de Toulouse et on m'a tout donné (13). * C'est charmant, jamais voyage ne fut plus heureux. Aussi j'ai tellement pris le goût des voyages que je m'en vais demain à Rayssac. On m'écrit d'aller promener ma bonne santé sur ces montagnes. Peut-être je m'y casserai le cou (14), aussi je n'ai pas voulu m'embarquer sans te dire que je t'aime, car ce mot sera mon dernier mot. Mais j'espère ne pas le dire aujourd'hui pour la dernière fois et que j'arriverai en

(9) Il y a de fait beaucoup de rapports entre Lamennais et Tertullien, le fougueux Père de l'Eglise, chef de l'Ecole africaine. Nombreux étaient ceux qui faisaient la comparaison.

(10) La fin de ce paragraphe, depuis *aussi absurdes*, est biffé dans le manuscrit. Quelques mots restent illisibles sous la rature.

(11) Mlle Coutaud, marraine de Marie.

(12) C'est-à-dire *cajolée.*

(13) Raturé depuis les mots : *puis, des cadeaux...*

(14) Le voyage de Rayssac n'est pas chose facile même de nos jours. A plus forte raison en 1830 quand les chemins étaient en très mauvais état. Cependant Louise avait exagéré à plaisir les difficultés et les dangers de la route en écrivant : « Je vous recommande de fermer les yeux quand vous serez sur nos hauteurs; autrement, si vous ne les bandez pas, je crains que vous ne vous retourniez. » Quand le voyageur monte à Rayssac, en passant par Villefranche, — la route pratiquée en 1830, — il ne ferme pas les yeux; il les écarquille pour mieux jouir de la beauté du paysage.

corps et en âme chez ma bonne amie Louise. On dit que ce n'est pas chose aisée cependant que d'arriver là-bas vivant; on verse au moins trois ou quatre fois en route, mais le plaisir d'aller voir Louise me ferait donner bras et jambes. Juge de ce que je donnerais pour te voir ! Est-il bien vrai que je te verrai le mois prochain ? A mon retour de Rayssac, je pourrai te trouver au Cayla. Quel plaisir si je te voyais là-haut, sur la terrasse, en arrivant !... Dis-moi si tu viendras.

Tu devrais m'écrire pendant que je serai à Rayssac (15). Il me semble que tu m'avais promis de le faire. Fais-le. Parle un peu politique, parle de Lamennais si tu veux faire plaisir à M. de Bayne, car il va sans dire que je leur [*lirai*] ta lettre. Tout ce qui vient de Paris fait sensation [*par*] le temps qui court. Ta pièce à Lamennais a fait grand plaisir à ces dames. * Louise * me mande de lui procurer toutes [*tes*] productions, parce qu'on aime à Rayssac tout ce qui est beau et bon. Elle ajoute : « Papa, mes sœurs et Armand d'Huteau ont admiré la pièce. A chaque ligne : c'est un beau morceau. Je suis fâchée que vous me les ayez envoyés écrits à la main, ils sont dignes de la presse. » Je te dis ce qu'on m'a dit, ce qui veut dire que tu m'envoies d'autres vers. Je ne voudrais pas que ta muse devînt paresseuse comme une que je connais, mais qui ne vaut pas la peine d'être réveillée. Laissons là ce chapitre; il nous mènerait trop loin. Mlle Athénaïs (16), qui est aussi poète, m'a prêté l'*Histoire des Croisades*, par Michaud. Il y a longtemps que je cherchais cet ouvrage. Voilà de la pâture. Mais je veux lire avant l'*Histoire de l'Eglise* que j'ai commencée. Mes courses me dérangent un peu, mais, à mon retour, tout s'arrangera.

M. Bories court le monde aussi de son côté. Je ne l'ai pas vu depuis longtemps. Il va, et moi je viens; nous nous rencontrerons bien un jour quelque *part* (17). Au reste, son vicaire (18) est curé. * On le * voit partir sans peine. Je lui souhaite... * Mme d'Adhémar vint passer la journée d'avant-hier et elle nous demanda de tes nouvelles. Rappelle-toi à son souvenir dans tes lettres quelquefois. M. le curé a eu la visite de son oncle (19) du temps que nous étions à * Toulouse. * Mimi a fait les honneurs du château à merveille. Ce monsieur qui est un peu escamoteur se vit escamoter ses tours par Mimi, elle les lui devina tous à la grande surprise des assistants. Il n'est pas de trompeur qui ne trouve un trompeur. Cette pauvre Mimin, j'ai du regret de la quitter de nouveau, mais elle ne veut pas aller où je vais, ni nulle part, je crois. Ces dames nous pressent tant et depuis si longtemps qu'il n'y a pas moyen de reculer.

(15) Maurice n'écrivit pas la lettre demandée. Il ne voulait pas, sans doute, être indiscret.
(16) Athénaïs d'Albenas. Voir la lettre précédente.
(17) Au confessionnal.
(18) L'abbé Rhodes, nommé le 1er juillet 1831 desservant à Sainte-Cécile-du-Cayrou. Il fut remplacé par M. l'abbé Privat.
(19) L'abbé Limer, curé d'Anglès, oncle du curé d'Andillac.

Papa se porte on ne peut mieux, il se ménage et Erembert le remplace dehors. Il ne quitte pas du tout les journaliers. Aussi les champs sont-ils superbes, surtout les vignes. Le département de l'intérieur marche très bien aussi. Sous les ordres de Mimi, canards et poulets pullulent. Viens en manger, car il y en a qui font coucouroucou; c'est pour un poulet le chant de mort. Adieu; souviens-toi du livre que je t'ai demandé (20). Papa, Erembert, Mimi et moi t'embrassons et t'aimons. Mes amitiés à Auguste. Je vais écrire à Gabrielle, puis faire mes paquets, puis dormir et demain je pars. Mon adresse est à Rayssac, par Vabre, Tarn.

[*P.-S. d'Erembert.*]

Si tu viens passer les vacances, apporte un kilogramme de *poudre de Boucher*. On n'en vend plus ici d'aucune qualité depuis l'insurrection de l'Ouest (21), sans une permission que je ne veux pas demander aux nouvelles autorités.

EREMBERT.

[*P.-S. d'Eugénie*]. — Ecris-moi assez tôt pour que ta lettre arrive à temps à Rayssac. Je compte y rester dix ou douze jours. Adieu.

XV

Monsieur Maurice de Guérin,
rue d'Anjou, 45, à Paris.

Au Cayla, 9 novembre 1831.

Que le temps est long quand on s'ennuie ! Y a-t-il trois ans ou trois jours que tu es parti, mon cher Maurice (1) ? Pour moi, je n'en sais rien, car tout ce que je sais, c'est que je m'ennuie à mourir. Franchement, voici le seul instant que j'aime depuis que vous êtes partis, encore sera-t-il bien court. Jules (2) est pressé de nous quitter pour se mettre en route pour Paris. Ainsi, mon cher, ces deux mots te suivront sans que tu t'en doutes, comme je t'ai suivi

(20) *Les Entretiens d'un missionnaire et d'un berger.* Voir le post-scriptum de la lettre précédente.

(21) On appelait ainsi l'insurrection de Vendée.

Lettre 15. — 9 novembre 1831. — Publiée par Trebutien. *Lettres d'Eugénie de Guérin*, pp. 9-11.

(1) Après un séjour de trois mois au Cayla, Maurice venait de reprendre le chemin de Paris pour se lancer dans l'étude des lettres. Marie l'avait accompagné jusqu'à Toulouse.

(2) Jules Boyer.

quelquefois tout doucement pour te faire une attrape. Mais, mon Dieu, que tu es loin d'ici maintenant ! Tu roules, roules toujours plus loin, et je te suis sans savoir trop par où je passe. J'ai peur que tu verses, et je te recommande à la *petite croix* (3). J'ai grande confiance qu'elle te préservera de toute mauvaise rencontre. Sois-lui dévot comme tu me l'as promis, et je serai tranquille. J'ai des affaires de ménage par-dessus la tête; mais j'ai tout planté là pour venir te dire un mot dans ta petite chambre (4), où je retrouve force choses de toi, sans compter ta veste et tes souliers. Si tu étais mort, ce serait pour moi des reliques. Mais Dieu me préserve d'une pareille dévotion.

J'irai à Cahuzac lundi pour voir la foire (5) et quelque autre chose (6); l'autre lundi, je compte avoir de tes nouvelles, si tu es parti de Toulouse avant-hier. Rien ne s'est passé depuis dimanche (7) qui mérite qu'on s'en souvienne. La pluie, la boue, le vent, et aujourd'hui le soleil, voilà tout. J'oubliais un chapon que Wolf (8) a assassiné, ce qui lui a valu quelques coups de fouet qui lui ont fait crier miséricorde; je crois qu'il t'appelait. La pauvre bête avait raison d'appeler son chevalier errant, car personne n'a pris sa défense. Trilby (9) te baise et te lèche les mains. Moi, je te croque. Adieu.

Ma grippe veut me quitter, mais elle ne quitte pas la maison; le pâtre (10) la tient ainsi que Maritorne (11). On en meurt à Frausseilles (12); c'est bien avoir la mort aux talons. Mais ne l'avons-nous pas toujours devant, derrière et partout ? Hier, à Andillac, un petit enfant alla au ciel (13). Si j'étais petite enfant, je voudrais le suivre; mais quand on est vieux, on ne voudrait jamais mourir. C'est qu'alors tous les petits fils qui nous attachaient à la terre sont des câbles.

Papa t'envoie dix francs pour l'abonner à la *Revue Européenne* (14). Moi, je ne t'envoie rien qu'une paire d'embrassades. Je n'ai pas le temps de répondre aujourd'hui à ma cousine (15). Fais-lui mes amitiés. Adieu.

(3) Croix d'argent qu'Eugénie avait jadis passée au cou de son frère et qui avait inspiré à Maurice une poésie délicate : *le Crucifix*.
(4) Celle que l'on désigne aujourd'hui sous le nom de chambrette d'Eugénie. C'est celle que Maurice occupait pendant ses séjours au Cayla.
(5) Le 13 novembre.
(6) Pour se confesser.
(7) Le 6 novembre, jour du départ de Maurice.
(8) Chien de J. de Guérin.
(9) Petit chien favori d'Eugénie.
(10) François Deymié, berger des moutons.
(11) Surnom donné à Marianne, cuisinière du château, en souvenir probablement d'une lecture de *Don Quichotte* où l'on trouve une servante de ce nom.
(12) Commune du canton de Cordes, peu distante de Cahuzac.
(13) Auguste Portes, fils de Pierre et de Marie Carrière, né le 7 novembre, inhumé le 10. Ce même jour à Andillac aussi, mourait un enfant aussitôt après son baptême.
(14) Il espérait y lire des articles de Maurice. M. Charles de Rivières avait recommandé le jeune écrivain aux rédacteurs de la revue.
(15) Mme Auguste Raynaud, née Vernois. La correspondance qui commençait ainsi timidement devait se continuer assez activement.

XVI

A Monsieur Maurice de Guérin,
rue Joubert, n° 9, à Paris.

24 9bre 1831.

Nous voici donc de nouveau dans les lettres, mon cher Maurice. Ce n'est pas du tout ce que je voudrais, mais je m'en contente puisque je ne puis pas t'avoir. Une charmante prophétesse (1) vient de me prédire que je serai dans peu de temps consolée de ton absence. Si elle croit que je t'oublie, elle est faux prophète. Que veut-elle donc dire ? Que tu reviendras ? Mais c'est si loin, ce retour ! — Que tu m'écriras ? Cela console bien, mais pas tout à fait. Voici, voici : oui, tu m'écriras, mais ce sera imprimé, doré, relié. Te voilà auteur, te voilà riche de gloire et d'écus et me voilà à Paris. Voilà aussi ce qu'elle a voulu me dire; elle sait ce que je veux, cette aimable petite sorcière, elle ne voudrait pas m'annoncer des malheurs. J'accepte l'augure que ta lettre d'ailleurs vient me confirmer. Te voilà donc lancé dans la carrière, loin, bien loin de ce Code qui te pesait comme le mont Atlas (2). Papa est content de ta détermination. [Pourvu que..... il lui faut un plaidoyer ou un livre.]

Nous avons vu aujourd'hui M. Bories, qui va s'abonner avec papa au *Courrier de l'Europe* (3). Il me tarde bien de t'y voir. Cela nous dédommagera de *l'Avenir* (4), mais nous y reviendrons vite dès qu'il reparaîtra, car on ne doute pas que nos pèlerins (5) ne reviennent bientôt bénis et triomphants. C'est une démarche d'ailleurs qui ne peut qu'avoir d'heureux résultats, quels qu'ils soient. Si le pape

Lettre 16. — 24 novembre 1831. — Autographe communiqué par M. Gabriel Thomas, Bellevue (Seine-et-Oise). Lettre publiée avec de nombreuses suppressions par Trebutien, *loc. cit.*, pp. 11-15. On lit en surcharge sur l'adresse de l'autographe : Rue d'Anjou, n° 45.

(1) Louise de Bayne. Cf. sa lettre à Eugénie, commencement nov. 1831 : « Vous devez voir partir Maurice avec bien de la peine, je le conçois. Lorsqu'on s'aime, on se sépare avec peine. Mais tranquillisez-vous; une fois qu'une carrière sera ouverte par lui, vous serez consolée de son absence. Je ne doute pas qu'il ne réussisse; avec ses moyens, on n'est point en arrière et il fera du chemin, je vous l'assure. Voilà ma prophétie, et il me semble qu'il ne faut pas être grand prophète pour la faire. Il ne faut que connaître M. votre frère pour voir son avenir. Il sera heureux. »

(2) La comparaison est de Maurice.

(3) Périodique à tendances fortement légitimistes.

(4) *L'Avenir* avait cessé de paraître le 15 novembre.

(5) Lamennais, Lacordaire et Montalembert, les trois principaux rédacteurs de *l'Avenir*, étaient partis pour Rome pour soumettre leurs doctrines à Grégoire XVI, récemment élu pape.

approuve, voilà *l'Avenir* au pinacle; s'il condamne (chose impossible, dit-on), la défaite de Lamennais sera pour lui un triomphe comme celle de Fénelon (6), car qui doute qu'il ne se soumette ? Les abbés de Gaillac (7), qui t'avaient donné des abonnements, sont tout désorientés. Je pense qu'ils t'auront écrit. Envoie-leur le *Courrier de l'Europe*. Si tes articles te donnaient le droit de nous l'envoyer [gratis], tu ne ferais pas mal de le faire.

Maintenant c'est moi qui suis le lecteur; tous les soirs, nous lisons [*les Fiancés* (8). Les pauvres ! comme ils sont malheureux ! Je voudrais qu'ils fussent heureux à la fin, rien ne me fait mal comme de voir souffrir l'innocence. J'ai, tous ces jours-ci, Lucia dans la pensée; je voudrais qu'elle vînt ici, je la cacherais dans *la tuto* (9). Don Abbondio est impayable avec sa couardise extrême. Comme il amuse avec ses litanies hargneuses ! Il me fait l'effet d'un souci dans un parterre.

Je m'ennuie beaucoup moins que je ne le faisais, je deviens sage et je m'habitue tout doucement à la vie solitaire.] Je travaille, je lis, j'écris à quelqu'un, et le jour file. J'ai été bien seule la semaine dernière. Erembert était à Lacaze (10), et papa par-ci par-là, comme tu sais qu'il fait avec le beau temps.

Nous avons eu un printemps de quatre jours (11), les soirées étaient délicieuses, mais je ne sortais pas pour en jouir toute seule. J'étais alors dans ma chambre, les coudes sur la fenêtre, et le menton sur mes mains, et je regardais, et je pensais, et je regrettais. Pense que je me voyais seule avec Trilby, le seul être qui me vint rire. Aussi la petite chienne a-t-elle attrapé force caresses. Gazelle (12) a bien aussi [quelque] envie de m'aimer, mais ça va et vient comme un caprice. Je l'aime pourtant plus qu'elle ne croit pour le bon lait qu'elle nous donne.

[C'est moi qui la trais, et, *roub*, *roub*, ce lait coule de ses mamelles dans mon estomac comme d'une bouteille dans l'autre. Ainsi en buvant, mangeant et dormant, la vie passe. Mais c'est trop animal. J'ai honte à ressembler à Coquino (13), au moins il tourne la broche.

Tu penses bien aussi que je tournais quelque chose. Je ne te dirai pas ce que c'est. Que peut-on saisir dans les tournoiements de l'imagination, dans les errements de la pensée ?] La mienne fait souvent

(6) Lorsque Fénelon apprit la condamnation de son livre les *Maximes des Saints*, le 25 mars 1699, il allait monter en chaire. Changeant le plan de son sermon, il prêcha sur l'obéissance. Sa soumission fut universellement admirée.
(7) MM. Rampon et Balitrand, vicaires à Saint-Pierre de Gaillac.
(8) *Les Fiancés*, par Manzoni. Eugénie de Guérin et Louise de Bayne parlèrent souvent de ce roman dans leurs lettres, tant il leur fit impression.
(9) « La tannière, le trou. » Il faut entendre par *tuto* une petite chambre de débarras qui se trouve près de la cuisine.
(10) Près de Rabastens (Tarn). M. Auguste de Guérin de Laval y habitait.
(11) L'été de la Saint-Martin.
(12) La chevrette préférée d'Eugénie.
(13) Surnom de Trilby.

le tour du monde en un clin d'œil. Si les jambes pouvaient la suivre, tu sais bien où je serais. Vraiment, je serais souvent au coin de votre feu, soufflant et tisonnant, et t'envoyant une bluette quand tu serais trop sérieux. J'imagine toujours que vos coins de feu ressemblent un peu aux nôtres, et que tu retrouves ton chez-toi chez mon cousin. Du moins, ce que tu me dis de sa femme me le fait croire. Je suis enchantée que nous ayons si bien deviné. Dis-moi si cette douce figure n'a pas cet air calme que je crois qu'elle a, un peu dans le genre de Léontine (14). [Je ne sais si je l'ai rêvé, mais j'ai cela dans la tête.

J'y ai bien encore autre chose, je ne sais si je te le dirai, mais je te dis tout. Il s'agit d'une petite affaire qui pourrait devenir fort grande si jamais j'avais le courage de la faire. Si j'avais le courage de quitter papa et de dire *oui* à un homme qui a 30 ans de plus que moi, qui n'a pas de l'esprit de reste, ni assez de dents pour manger, mais qui a 50 mille francs, une très grande aisance, et surtout une façon de penser parfaite et disposé à adorer une femme qu'il prendra *sans dot* si elle n'en a pas, je serais Mme de Latour (15). Ce nom m'a laissé, dans Bernardin de Saint-Pierre, une impression si triste que j'éprouverais quelque chose de cette impression à le porter. Papa, ce qui me surprend, n'est pas éloigné de cette affaire, il m'encourage, me dit que c'est très raisonnable, mais moi, qui n'ai pas autant de raison qu'il le croit, je ne dis rien, parce que le cœur ne me dit rien, et que veux-tu que je dise ? Je n'embrasserai d'ailleurs qu'en tremblant un état où il y a tant de devoirs à remplir, où le salut doit être, par conséquent, difficile. Mais comme ce n'est pas, non plus, un état réprouvé, on peut s'y dévouer si c'est la volonté de Dieu. Je n'y vois pas beaucoup de bonheur. Je m'en vais ces jours-ci mettre mes deux *moi* aux prises, délibérer, consulter et puis dire un oui ou un non à M. de Bellerive qui l'attend bientôt. C'est lui qui voudrait m'attirer à Montauban et qui mitonne cela. C'est une pensée qui lui est venue pour moi en pensant à une autre. Il était d'abord question d'Olympe (16), on agitait cela dans le salon quand il dit à papa : « Mais il vaudrait bien mieux penser à Eugénie », et, commencée en riant, l'affaire finit par devenir sérieuse et par me tomber dessus.

Voici quelque chose de plus aimable,] j'ai eu [des nouvelles de Rayssac,] une [immense et] charmante lettre de [la charmante Louise]. Elle me parle de *Lucretia* (17). « Ce nom-là, dit-elle, ne

(14) Léontine de Bayne, sœur de Louise et de Pulchérie.
(15) M. de Latour habitait Ardes, près de Loubéjac (Tarn-et-Garonne), où M. de Bellerive possédait un moulin. Il était parent avec la famille de Bellerive.
(16) Olympe de Tonnac.
(17) Lucretia Davidson, poétesse américaine pour qui Maurice avait un véritable culte (Cf. *Lettres d'Eugénie de Guérin à Louise de Bayne*, I, p. 131, notes 3 et 4). Les phrases qui suivent sont une citation textuelle de la lettre de Louise.

sortira jamais de ma pensée, [ce nom me restera longtemps ainsi que son histoire avec Pulchérie.] Lorsque nous avons quelque envie de nous ennuyer, Lucretia est là pour ramener la gaîté. J'avoue qu'à la place de M. M[*aurice*] j'aimerais mieux m'enthousiasmer d'une vivante que d'une morte; mais cela [me] fait voir qu'il n'oublie pas le mérite. » Puis elle parle de ton avenir et ce, après des éloges que tu ne traiterais pas mieux que ceux de l'abbé [Lacordaire] (18), voilà pourquoi je ne te les dis pas. Elle ajouta : « Il sera *heureux*. » Prends ce mot comme tu le voudras, je te le laisse à commenter, et surtout à accomplir, car cela dépend en partie de toi d'être heureux. Non pas de ce bonheur qui ne touche pas du pied la terre comme tu le voudrais, je crois, mais de ce bonheur à la façon de l'homme, cette petite portion de félicité que Dieu lui donne ici-bas.

Il y a un endroit de ta lettre qui m'a édifiée. C'est bien de nous dire : prions, prions, [mais ce serait bien mieux de dire : j'ai prié. Autrement, c'est ressembler à la fourmi qui, montée sur la corne d'un bœuf qui labourait, disait : « *Laouran* » (19). C'est un des contes de Jean, n'en fais pas une vérité.

Pour moi,] toute fourmi que je suis aussi, je prie du moins de bien bon cœur pour l'heureux voyage de nos pèlerins. Dieu veuille qu'ils reviennent contents.

Je n'ai aucune anecdote à te conter, seulement la politique va toujours comme les fuseaux dans les veillées du hameau; ces femmes vous filent de la politique à ravir [sur *aquélos taillos* (20).] Le pauvre Romiguières paie 10 f. de personnelle, lui ou ses ânes. Si tous ceux de France en payaient autant, cela consolerait ce pauvre homme.

[Pulchérie nous a envoyé un gros paquet de fécule de pomme de terre.] Nous attendons Charles (21) la semaine prochaine avec Armand. Que veux-tu que je mande à Rayssac ? Mais tu dois écrire à M. de Bayne. Console-le, le pauvre homme; cette nouvelle doit l'avoir affligé [comme s'il apprenait quel jour il doit mourir. Leur curé finit par ne pas les quitter, ce qui ne les contente pas du tout.]

Notre Toulousaine (22) m'a écrit. Elle est résignée, à ce qu'il semble, à y demeurer encore probablement; elle est là jusqu'au premier de l'an. [Du reste, elle y est si bien traitée qu'elle peut à peine penser à Cahuzac.

J'ai dîné aujourd'hui avec ce grand-père débrouilleur, chez notre curé qui a son oncle (23) chez lui. Cet oncle est un bien bon homme,

(18) Lacordaire avait adressé une lettre élogieuse à Maurice à l'occasion de sa poésie sur la chute de la Pologne. Les vers parurent dans l'*Avenir* du 29 sept. 1831, après quelques retouches de Lacordaire.

(19) « Nous labourons ». Le conte de Jeanot est une variante intéressante du vieux sujet traité par les fabulistes. Cf. Esope, f. 294 et 217, *Le cousin et le taureau;* Phèdre, III, 6, *La mouche et la mule;* La Fontaine, VII, 9, *Le coche et la mouche.*

(20) « Au sujet de ces impôts. »

(21) Charles de Bayne et Armand d'Huteau.

(22) Marie de Guérin était en visite chez Mlle Coutaud.

(23) L'abbé Limer, curé d'Anglès, qui venait de prêcher le panégyrique de sainte

très poli, et infiniment doux. Je l'aime beaucoup. Figure-toi qu'il a eu la bonté de prendre en croupe pour me la donner une grosse boule de beurre excellent.

Papa va faire préparer les deux barriques de vin pour vous l'expédier au plus tôt.] Je pense que Jules (24) est arrivé à bon port, il doit ouvrir de bien grands yeux dans ce grand Paris. [Papa me charge de te dire que, si tout ton argent est parti et que tu aies des besoins, tu le lui dises, parce qu'il ne voudrait pas te savoir à charge à ton cousin, en attendant que tu vendes un livre].

Ma grippe m'a quittée, cette immense lettre te le dit. Un de ces jours, j'écrirai à ma cousine. Je serai bien fâchée que cette correspondance s'endormît. On dit que le choléra est en Angleterre. Je le voudrais presque à Paris pour vous voir tous trois arriver ici. Partez vite s'il approche. Dis-le à ma cousine (25) de ma part, mais j'espère les voir ici sous de meilleurs auspices. [Adieu, mon cher.]

XVII

Dernier X^bre 1831.

Il y a quelques jours, mon cher Maurice, que ma lettre à ma cousine est écrite, en attendant que le froid permette à quelqu'un d'aller porter le pâté à Gaillac. Je ne sais pourquoi j'ai tant tardé à te répondre; demande-le à trente-six mille casse-tête qui ne m'ont pas laissé le temps de penser à toi, ou plutôt de te dire que j'y pensais. Mais nous la tenons enfin, notre belle voyageuse (1); et je puis revenir un peu à mes livres, à ma plume, à tout ce que j'avais quitté depuis son départ. Elle est arrivée avant-hier, à son grand plaisir et au mien, car je ne puis pas me passer d'être deux. Elle, de son côté, ne s'amusait pas trop parmi cette collection d'antiques qui se rassemble chez ma cousine, mais de temps en temps elle allait *vivre* chez les dames d'Albenas. Mlle Athénaïs ne t'a pas oublié et conserve toujours un peu de rancune contre tes opinions *Lameniennes*. Rayssac, au contraire, te prône partout. Louise est trompette. Voici entre autres choses ce qu'elle me dit dans une lettre immense que je viens de recevoir :

Cécile à la Cathédrale d'Albi, était allé passer quelques jours chez son neveu, le curé d'Andillac.

(24) Jules Boyer. Trebutien a lu Jobs.

(25) Mme Auguste Raynaud.

Lettre 17. — 31 décembre 1831. — Autographe inédit.

(1) Marie de Guérin revenait de Toulouse, où elle avait passé deux mois chez sa marraine, Mlle Coutaud.

M. Maurice a écrit à papa une lettre très intéressante; papa est pleinement satisfait de tous les renseignements qu'il lui donne d'une foule de choses. Votre frère écrit très bien, cause très bien, se conduit très bien et fait tout ce qu'il fait très bien. Vous devez être bien heureux, les habitants du Cayla, d'avoir un tel fils et un tel frère.

Assurément, ma chère Louise, nous sommes heureux d'avoir un tel frère, aussi nous l'aimons tant que nous le gâtons; je vous le dénonce, il ne fait plus que sa volonté. Vous pensiez qu'il allait tourner sa plume d'un autre côté, en attendant la résurrection de son journal. Point du tout, il la laisse dormir. Il faut vous dire que [*son*] sommeil vient un peu de paresse ou de quelque chose qui tient de la marmotte. Vous n'auriez pas cru, quand il chantait Lucretia, qu'il fût si près de s'engourdir. Me conseillez-vous de le gronder ?

Vois, mon cher paresseux, je croyais être avec Louise et je suis avec toi, bien éloignée de vouloir me fâcher. Au contraire, je viens te faire mon compliment sur ta belle passion pour le Code (2). J'avais cru au divorce, mais on revient toujours à ses premiers amours, et tu vas faire ton chemin avec ta croix sur le dos, car je ne puis pas croire que ce pauvre livre, qui te pesait tant, soit devenu léger tout à coup. Mais, dis-moi, pourquoi le reprendre ? Tout était si bien arrangé, ce me semble. Papa était content, et, pour te dire vrai, il ne l'est pas du tout maintenant. Quelles sont tes ressources pour tenir la promesse que tu lui as faite de te tirer d'embarras ? Tu me parles des élèves que vous aurez, mais les aurez-vous ? En attendant, il te faut voir ta bourse toujours vide, sans compter les embarras de papa que tu augmentes et que tu connais. Cette dernière considération devrait l'emporter, ce me semble, sur ta répugnance pour le travail et même sur le scrupule que tu te fais d'écrire dans le *Courrier de l'Europe*.

J'en demande pardon à M. Lacordaire, mais je ne partage pas ses opinions exclusives qui pourraient bien être près de l'exagération. Dieu et la liberté ne se trouvent pas étrangers dans le *Courrier de l'Europe* (3). Il pense fort bien. Nous n'avons encore rien vu dans ce journal qui puisse en éloigner la plume d'un catholique. Surtout, il ne nous a pas paru *haineusement carliste*, tout au plus ardemment. Je te conseille donc très fort d'aller te présenter à ces messieurs, c'est ce que Charles de Rivières (4) te conseille aussi. Il dit que les messieurs de *l'Avenir* ont éloigné beaucoup d'amis de leur journal par leurs opinions exclusives. Au reste, M. Charles réclame

(2) Par un revirement subit, Marice désirait abandonner la littérature et le journalisme pour se remettre à l'étude du Code. Ce beau zèle ne devait pas avoir de lendemain.

(3) Nous avons dit déjà que le *Courrier de l'Europe* était franchement légitimiste. Il ne pouvait donc pas plaire à Lacordaire.

(4) Jean-*Charles*-Edmond Séré de Rivières, né en l'an XIII, rédacteur à la *Revue Européenne* et au *Correspondant*, marié en novembre 1834 à Isaure Tapié Mengaud de Céleyran, mort en 1847.

une réponse que tu lui fais attendre depuis longtemps. Papa n'a pas encore pu payer les 50 francs aux abbés de Gaillac (5), c'est te dire combien il est gêné. Je t'en supplie, fais tout ce que tu pourras pour ne pas le gêner davantage. Ah ! s'il dépendait de moi de lui donner demain pour ses étrennes une petite bourse que j'aurais remplie ! J'écrirais plutôt des voyages dans ma poche si je ne savais que faire. Allons, laisse là la paresse et travaille. C'est ton temps maintenant d'écrire, de mettre dehors toutes ces pensées que tu as dans la tête. Vois ton ami Lefebvre (6), comme il tient à l'ouvrage. Se fait-il scrupule d'écrire dans le *Constitutionnel* (7) ? Et cependant ce n'est pas un petit péché que d'aider le Diable dans sa besogne; mais M. Berryer ? Je ne crois pas que ton bon ange te dise non.

Tu ne m'as pas parlé de tes amis : Sainte-Marie, Fleury (8), etc. Les as-tu retrouvés à Paris ? C'est chose si douce qu'un ami ! (9) Celui que je te préfère, c'est ce M. Lefebvre, si bon enfant, si sage. Si j'osais, je le prierais de te donner de ses bons avis, de te gronder même. Quel dommage qu'il se soit fourré dans ce vilain journal ! Il me fait l'effet là-dedans d'une bonne âme dans l'Enfer, suivant une expression de Louise.

Son frère nous est venu voir. Nous l'avons gardé le plus que nous l'avons pu et je l'ai traité comme le frère de Louise. Je lui ai fait promettre de revenir avec ses sœurs quand le Cayla sera moins laid. Mon cher, il a été bien ennuyeux pour moi pendant quelque temps; papa était toujours par voies et par chemins, Erembert à faire planter ou arracher, mais je les tiens tous maintenant et pour longtemps s'il plaît à Dieu.

(5) Ils avaient remis cet argent à Maurice pour des abonnements à *l'Avenir*.

(6) Charles Lefebvre de Bécourt, né à Abbeville le 25 décembre 1811, fit son droit à Paris, entra en 1834 dans les bureaux du ministère des affaires étrangères, fut envoyé à Buenos-Ayres en 1840 et y resta jusqu'en 1842. Il fut ensuite consul à Manille, à Macao, à Calcutta. Rentré en 1851, dans les bureaux du ministère comme sous-directeur à la direction politique, il devint, en 1856, ministre plénipotentiaire près de la Confédération Argentine. Il a publié plusieurs livres : *la Belgique et la Révolution de Juillet* (1835) etc... et a collaboré à la *Revue des Deux Mondes*, au *Constitutionnel*, à *l'Impartial* et au *Journal des Débats*. (Vapereau, *Dictionnaire des Contemporains*.)

(7) Organe des conservateurs libéraux. Pendant les dix dernières années de la Restauration, il jouit d'une énorme popularité qu'accrurent les procès dont le gouvernement de Charles X l'accabla. Après 1830, le *Constitutionnel* perdit de sa vogue rapidement et dut liquider. Il fut reconstitué en 1844.

(8) Amis de Maurice, ses anciens condisciples de Stanislas. Adrien de Sainte-Marie était le frère de Mme Almaury de Maistre.

Quant à Fleury, on sait peu de chose à son sujet. Barbey d'Aurevilly a cependant écrit sur lui quelques lignes troublantes, émues comme une confession. « Une des grandes fautes de ma folle jeunesse, c'est d'avoir détourné de l'autel une âme charmante, ce pauvre *Fleury*, mon ami de collège dont je fis un libertin dans les deux sens du mot, l'ancien et le moderne, et qui mourut, tué trop vite pour revenir à Dieu. J'étais impie comme Capanée à cette époque, et mon exemple et ma parole avaient une influence irrésistible sur mes amis. *Fleury* devint tout ce que j'étais. Il avait été élevé pour être prêtre. Je le pris donc à Dieu, à qui je me trouve *une restitution d'âme* à faire. Je voudrais que cette âme fût *Dargaud*. » (*Lettres de Barbey à Trebutien*, 3 avril 1856.)

(9) On dirait que Maurice s'est souvenu de ces quelques mots quand il écrivit sur la page de garde du *Cahier Vert* ce cri émouvant : *Oh ! un ami !*

Rien n'est plus favorable à Mimin que l'air de Toulouse. Je doute qu'il y ait dans Paris visage plus rond, plus potelé, plus frais, plus vermeil. On la prendrait pour Flore. Passe-moi cette comparaison classique, ou trouve-moi dans le romantisme une figure plus aimable (10).

Je suis bien loin de mon sujet. Je veux te dire un mot de la triste figure du M. de Montauban. Il n'a pas de dents. Il ne sait ni regarder, ni parler, ni marcher; c'est un de ces êtres qui ont l'air tout étonnés de se trouver en ce monde. C'est ce qu'on m'en a dit, et, sur ce, je ne dis rien. D'ailleurs, cette affaire (11) bouleverserait la famille; ce serait un remue-ménage, des séparations, des choses auxquelles je ne puis pas penser. C'est avec *vous autres* que je voudrais voir finir toutes mes années comme je vois finir celle-ci.

Tu as mes dernières pensées, car il sera bientôt demain, et demain en m'éveillant je penserai à toi, et je prierai bien dévotement le bon Dieu de te donner tout ce que je te désire. Cette prière sera à part de celle que je ferai pour tous ceux que j'aime. Adieu, mon cher ami, bon soir, et bonheur pour tous les soirs et tous les matins. Papa, Erembert, Mimi et moi t'embrassons pour nos étrennes.

XVIII

Monsieur Maurice de Guérin,
rue d'Anjou Saint-Honoré, n° 45, *Paris.*

22 janvier 1832.

Il est dimanche aujourd'hui; c'est le jour du repos. Aussi, je n'entends d'autre bruit que celui que fait ma plume sur le papier. Je pense à toi. Tu n'es pas aussi tranquille dans ton grand Paris, excepté dans ta petite chambre où tu retrouves le Cayla en beau. Quand j'ai vu hier le grand chêne du *Téoulé* (1) couvert de givre, j'ai pensé au grand sapin de Maurice (2). Rien n'est plus gentil que

(10) Allusion aux reproches qu'Auguste Raynaud et Maurice ne cessaient d'adresser à Eugénie au sujet des poésies.
(11) Voir sur ce projet de mariage la lettre précédente.

Lettre 18. — 22 janvier 1832. — Autographe. Lettre publiée, avec de nombreuses et longues suppressions, par Trebutien, *loc. cit.* pp. 15-20. Le manuscrit, du reste est assez raturé. Il porte les cachets de Gaillac, 26 janvier 1832 et de Paris, 30 janvier; la mention P. P.; n° 5; la marque de paiement.

(1) Le *Téoulé* est une source fraîche à proximité du Cayla, du côté du levant. Son nom lui vient d'une tuile-canal (*téoulé*, en langue d'oc), qui sert à l'écoulement de ses eaux. La source jaillit au pied d'un beau chêne.
(2) Maurice avait écrit le 6 janv. 1832 : « Il y a au milieu [*de notre petit jardin*] un grand sapin qui se fait magnifique lorsqu'il est revêtu de givre ! On dirait, à voir ses branches pendantes et dentelées, de grandes draperies argentées. »

ces arbres en toilette d'hiver; mais vive celle d'été ! Quand on ne doit voir que des arbres, on les aime mieux verts que blancs. Pour toi, qui vois tant de choses, un peu de neige n'est rien, et c'est pour ici un grand événement, surtout quand j'en faisais des boules; mais c'est depuis longtemps un plaisir perdu. L'hiver ne m'en donne d'autre que la douce chaleur du coin du feu : c'est le plaisir des vieux. Quelle différence de la poupée aux tisons ! Et m'y voilà. Et puis, viendront les lunettes, la canne et la tombée des dents, tristes étrennes du premier de l'an, car enfin les années nous font tous ces cadeaux. Aussi, depuis que le temps ne m'apporte rien de doux, je renverrais volontiers ce premier de l'an comme un ennuyeux qui revient trop souvent. Comme tu dis, il est étrange qu'on soit si gai à cette époque (3). Que les enfants le soient, à la bonne heure, ils attrapent du bonbon, mais nous !... * Encore si je pouvais étrenner * quelqu'un à ma fantaisie, [mais ma pauvre bourse est à jeun.]*

J'ai eu une jolie étrenne pourtant, c'est ta lettre. Aucune ne m'a fait le plaisir de celle-là. Quand je te croyais plus que jamais errant et vagabond dans le pays du *vide*, c'est alors que tu m'apprends qu'enfermé dans ta chambre tu t'es astreins à un travail régulier ! Quel progrès tu as fait là, mon cher ami ! Franchement, je ne m'attendais pas à une conversion aussi prompte. Que Dieu la maintienne ! Je te disais bien que vouloir c'est pouvoir. Tu as voulu et tu as pu; tu as pu même reprendre le Code. Je suis bien contente de toi et de ton courage. N'es-tu pas bien payé de ton premier effort en voyant ce qu'il a produit ? « J'aborde maintenant intrépidement la journée. » C'est là le mot que tu m'as fait tant attendre, qui m'a fait tant prêcher. Rien ne me faisait plus de peine que de te voir si mal avec la vie. Tu vois comme elle est plus douce quand on sait la mener. C'est pour toi un commencement de bonheur que l'ordre dans tes pensées. Peu à peu, tout s'arrangera, tout s'encadrera, tout s'harmonisera dans ton existence. Tu feras comme notre pendule qui sonne très bien quand le temps est beau. Fais qu'il dure ce beau temps qui te luit maintenant, et quand le *glacial* découragement viendra tomber sur toi, retombe sur lui, comme tu l'as fait une fois. Qui donne un coup de pied peut en donner deux, peut en donner mille. Je crois aisément que ce soient (*sic*) des combats terribles que ces accès d'abattement qui te prennent parfois. Si je pouvais te guérir ou t'aider !... L'*Imitation* dit quelque chose de bien vrai : « *Souvent le feu brûle, mais sa flamme ne s'élève pas sans fumée.* » C'est bien vrai. Il ne s'élève pas en nous une bonne pensée, une bonne intention qui ne soit bientôt mêlée d'un peu de fumée, d'un peu de faiblesse humaine, mais le bon Dieu souffle là-dessus et tout ça s'en va.

Nous avons eu quelques jours de froid qui faisaient crier les petits

(3) Voir la lettre de Maurice du 6 janvier 1832 à laquelle celle-ci sert de réponse.

oiseaux. C'est moins triste que d'entendre crier les pauvres. Je crois bien qu'ils te gâtent le plaisir du coin du feu; mais j'ai plaisir de voir qu'ils te fassent peine.

Si jamais je venais frapper à ta porte, je vois que tu ne me la fermerais pas. Tu entendrais bien souvent *tan*, *tan*, à ta porte si elle n'était pas si loin. Par exemple, je serais venue vite t'embrasser quand je t'ai vu si sage, si studieux, si retiré du monde. Tu me fais l'effet d'un Père de l'Eglise méditant la Bible et la philosophie religieuse dans ta tranquille cellule. Je ne crois pas qu'aucun d'eux pourtant fût aussi bien logé que toi, mais c'est une demeure charmante.

Je crois bien que tu fasses (*sic*) de jolis vers là-dedans, tout en tisonnant ! Je suis sûre qu'il y en a partout dans ta chambre, sur les tables, les chaises, au coin du feu, et moi je n'ai rien. Dis-moi au moins ce que tu fais. Où en est ton drame ? J'aimais beaucoup ce *Pierre l'hermite*. Tu voulais, ce me semble, présenter quelque chose à Lamartine. Fais-le, si tu m'en crois; il t'accueillera, j'en suis sûre, comme t'accueillerait un ange à qui tu demanderais encouragement et bienveillance.

[Je te félicite de t'être incorporé à la *Revue Européenne*. Papa est fort content de te savoir en si bonne compagnie, * mais il lui tarde * beaucoup que ton encrier soit ta bourse et pour cause. * Il me charge de te répéter ce que tu sais du reste. Fais en sorte que je n'aie plus à te le redire, je t'en prie. * C'est l'endroit que j'écris le plus * vite, parce que je le trouve toujours trop long.] *

J'ai mandé à * Rayssac * ce que tu m'as dit. Nul doute que le bienheureux Nicolas ne soit bien venu (4). Qui n'aime la vie des saints ? Je ne puis te donner les éclaircissements que tu me demandes (5). Comment veux-tu que je m'y prenne ? Ce ne peut être que dans un tête-à-tête que je pourrais * lui * demander quelque chose : dans une lettre, *jamais*. La demande et la réponse seraient trop indiscrètes. En attendant, contente-toi, mon cher, du *clair-obscur*. Du reste, * Louise * ne m'a pas écrit depuis la grande lettre. Je t'ai envoyé dans ma dernière quelques lignes dont tu dois être content.

* Charles * (6) a fait grand bruit dans le pays, surtout dans la cité des *cancans*. C'était pour ceci, c'était pour cela qu'il était venu au Cayla. On me demanda qu'elle était sa fortune, son âge, et j'entendis dire en messe basse : « C'est trop jeune pour * elle *. » Et * elle * pensait : « De quoi vous mêlez-vous ? » Mais on se mêle bien

(4) Maurice avait fait paraître un article sur le bienheureux Nicolas de Flue dans la *Revue Européenne*, 15 janvier 1832.

(5) Au sujet des intentions de Louise de Bayne à son égard. — Maurice aurait souhaité vivement à cette époque épouser l'amie de sa sœur.

(6) Charles de Bayne, en allant au Cayla, était passé par Cahuzac, qu'Eugénie appelle la *cité des cancans*, non seulement à cause des commérages qu'il y eut à l'occasion du voyage du frère de Louise, mais encore parce que des médisances venaient de brouiller la bourgeoisie de la petite ville avec M. Bories.

d'autre chose encore, depuis * vos * sabots jusqu'à * votre * conscience, on ne laisse rien à suivre sur le docte tribunal. Là, on sait tout, pensées, paroles, actions, omissions, tout, excepté combien la curiosité est ennuyeuse. Je suis bien pour la liberté de la presse (7), mais non pas pour celle des langues. On devrait bien en faire quelque saisie par ici.

[M. Bories me surprend beaucoup; il ne goûte pas du tout la *Revue*, il l'appelle une encyclopédie à laquelle il ne comprend rien. L'article de Baader (8), sur lequel il est tombé d'abord, lui a donné cette opinion du reste de l'ouvrage; il ne veut plus s'abonner. Tu ne ferais pas mal de lui écrire un mot, en forme de souvenir enfermé dans une de nos lettres, où tu lui parlerais des Messieurs de *l'Avenir* et de ceux de la *Revue* (9). Ce que tu dirais pourrait faire revenir M. Bories de ses préventions et nous continuerions de recevoir *la Revue*. Autrement papa ne veut pas s'abonner * seul. Si tu écris là-dedans, * n'aurais-tu pas le privilège de nous l'envoyer gratis ? * Je voudrais bien voir au moins le numéro de Saint-Nicolas. Ecris un billet au curé de Cahuzac, ça pourra le gagner. Dis-lui tout ce que tu sauras des affaires de *l'Avenir*. On n'espère rien dans ce pays-ci et ce long retard paraît déjà une défaite.

Au reste, il a paru à Toulouse une réfutation de *l'Avenir*, un peu tardive pour son honneur. C'est un combat singulier, s'il en fût, que d'aller combattre quand l'ennemi est hors du camp. On prend les armes qu'il y a laissées et on s'écrie : « Je l'ai vaincu ! » Voilà mot à mot ce qu'ont fait nos Gallicans toulousains. Papa a acheté cette œuvre de six têtes contre une. * On dit que l'Archevêque est * du nombre. (10) * Je ne sais ce que c'est que par ouï-dire. Charles de Rivières la prit de Gaillac des mains de papa et l'a encore. Notre * pauvre * archevêque a rendu une ordonnance qui supprime l'exposition du Saint-Sacrement le second dimanche du mois, jour de fête dans nos campagnes. On croit pourtant qu'elle a été contremandée, car aucun curé ne l'a suivie. Voilà sans doute du Montalivet (11). Où s'arrêtera-t-il dans sa course sacrilège ? Cela fait frémir d'y penser. Le voilà au tabernacle. *Catet*, à qui nous contions

(7) Allusion à l'article que son frère avait fait paraître dans *l'Avenir* : *Des procès de la presse.*

(8) Baader (1765-1841), philosophe à tendances mystiques, adversaire de Rousseau et de Kant, grand admirateur de saint Thomas et des docteurs du Moyen Age. Il venait de publier dans la *Revue Européenne*, n° 5, tome 2, page 192, un article *Sur la liberté négative et positive.*

(9) Les collaborateurs de la *Revue Européenne* étaient pour la plupart d'anciens rédacteurs de *l'Avenir.*

(10) Monseigneur Brault, archevêque d'Albi, n'avait pas caché, dès les débuts de *l'Avenir*, ses antipathies contre les théories mennaisiennes. Avec Mgr d'Astros, archevêque de Toulouse, il menait une vive campagne pour faire condamner un certain nombre de propositions extraites de *l'Avenir*. Il y réussit. Le 23 avril 1832, treize archevêques ou évêques signèrent la condamnation connue sous le nom de *Censure toulousaine.*

(11) Camille de Montalivet, ministre de l'Intérieur sous Louis-Philippe, dans le cabinet Casimir-Périer.

cela hier au soir, ne voulait pas d'abord le croire, mais, quand il le crut bien, il regarda le plancher comme pour y lire quelque chose et, d'un air tout pétrifié, il nous dit : « *S'én dins un paouré siè-clé* (12).» Vraiment, ce pauvre siècle est bien jugé par ce brave homme.

Les émeutes sont enfin arrivées à Andillac ((13). Il s'en prépare une de plus terrible, suite d'une ordonnance de M. le curé. Il a voulu, comme Charles X, faire un coup d'état qui pourra bien aussi le détrôner. Déjà * le maire, M. de Tonnac,..... et toute la séquelle * est en travail pour cela. Voici ce que c'est. Les clairvoyants d'Andillac se sont aperçus qu'un banc dans une église avait l'air noble auprès des *sélous* (14). Aussitôt bancs sont commandés par tous * les * Seigneurs du lieu. * M. le curé, qui voit que son église va être remplie de bois, assemble la fabrique qui décide qu'au lieu de p[*lacer*] d'autres bancs, tous ceux qui sont dans l'église seront mis dehors et remplacés par des chaises. Voilà des grognements, des cris, des rassemblements de tous côtés. Hommes, femmes, tout s'en mêle. « *Yéou mé siétareï à plec de gleyo*, dit une femme, *yeou, matxoucareï pas sus uno cadieyro* (15). » C'est à mourir de rire que toutes ces réclamations. On n'entend que ça. Le grand jour est celui où les bancs sortiront. C'est dans quinze jours que nous serons délogés. Je regrette, je t'avoue, de quitter cet endroit de l'église où j'ai toujours prié Dieu et où dorment depuis trois cents ans tous ceux de la famille, excepté mon grand-père (16). Le dessous du banc est un caveau. M. le curé avait beaucoup de peine de nous tirer de là, mais il ne pouvait faire une exception. Quand tu reviendras, tu ne verras plus de *sélous* dans l'église. * Viguier (17) est furieux. Juge, lui qui se croyait un * noble du bon Dieu dans son banc, falloir en sortir ! *

Gabrielle (18) nous écrit quelquefois. Sa santé n'est pas meilleure à Montauban, quoiqu'elle s'y amuse un peu plus qu'à Gaillac. M. * Latour (19) * leur sert quelquefois de joujou. Dernièrement, on a joué une charade où il a joué son rôle; il était souffleur dans les *Plaideurs*. Qu'il souffle Petit-Jean, c'est tout ce qu'il peut souffler.

Dis-moi : le pâté a-t-il été bon ? Qu'avons-nous besoin de t'envoyer de bonnes choses ?] Vraiment, tu mènes la plus belle vie du monde : [bon dîné ici, bon dîné là.] Nos passe-temps ne ressem-

(12) « Nous sommes dans un piètre siècle. »

(13) Voir sur cette affaire les *Lettres d'Eugénie à Louise de Bayne*, I, pp. 203 et 224.

(14) Petits sièges en bois.

(15) « Je m'assierai sur les dalles de l'église; je ne me percherai pas sur une chaise. »

(16) Le grand-père d'Eugénie était enterré dans le cimetière, et non dans le caveau des Guérin qui se trouvait dans la chapelle de l'ancienne église d'Andillac.

(17) Propriétaire de la ferme du Portugal, commune d'Andillac.

(18) Gabrielle de Bellerive. Sa famille, au lendemain de la mort de M. Albenque, avait quitté Gaillac pour Montauban d'où sont originaires les Bellerive.

(19) Vieux cousin des Bellerive, à Montauban.

blent guère aux tiens. Un de ces jours, qu'il faisait grand froid, nous sommes allées, Mimi et moi, nous promener dans les bois et faire une visite aux corbeaux. Mais, quoique bien emmantelées, bien capuchonnées, le froid nous saisit, et, par bonheur, nous avons rencontré un feu de bergers qui nous ont très gracieusement cédé la place d'honneur, une pierre vis-à-vis le feu plus grande que les autres. Ces enfants nous ont conté tout ce qu'ils savaient : l'un venait de manger des *fritons*, l'autre avait chez lui des œufs frais que fait une poule rousse, et de temps en temps ils jetaient au feu quelques poignées de *brouquils* (20) d'un air si content qu'il n'y a pas de roi qui n'eût dit : « Que ne suis-je un de vous ! » Si je savais faire des vers, je chanterais le *feu des bergers* (21).

Tu ne devinerais pas quel ouvrage j'ai eu pour mes étrennes [de la part d'Auguste de Lacaze (22)]. C'est un auteur qui n'a pas écrit pour être lu par des femmes, je crois. Aussi je ne le lirai pas. C'est Montaigne (23). Dis-moi si l'on vend bien l'*Amour de Dieu*, du comte de Stolberg (24). Je voudrais bien l'avoir.

[Tu veux que nous t'écrivions tous, mais on dit que je parle assez pour quatre. Erembert est à Albi. Je vais céder la plume à Mimi, mais je veux plus tôt te charger de mille et une amitiés à ma chère et bonne cousine. Où en est le *tù ?* Le projet qu'a Auguste d'acheter un bien par ici nous fait grand plaisir, aussi papa a-t-il vite cherché ce qui pourrait l'accommoder, et il l'a trouvé. Précisément, M. Fontaines met en vente sa métairie; elle peut valoir de trente-cinq à quarante mille francs au plus. On y récolte du blé, du vin jusqu'à vingt barriques. Mais il ne faut pas espérer qu'aucun bien rapporte cinq pour cent; ce n'est que de trois à quatre au plus. Ce domaine n'est qu'à un quart d'heure au delà de Cahuzac, il y a de quoi se loger assez bien.

Adieu, mon cher Maurice, j'allais tout prendre à Mimi. Prends une paire d'embrassades et adieu.

EUG.

[*P.-S. de Marie*]. — Eugénie me laisse bien peu de place, mon cher Maurice, pour tout ce que je voudrais te dire. Il faut pourtant que je m'en contente. Je le serais même beaucoup si toutes les fois

(20) Menues branches de bois mort.

(21) Cette jolie anecdote *du feu des bergers* est narrée avec plus de détails qu'ici dans une lettre à Louise de Bayne, I, page 209.

(22) Auguste de Guérin de Lacaze, parent des Guérin du Cayla.

(23) Eugénie ne garda pas toujours les mêmes sentiments au sujet de Montaigne. Elle en lut des passages, au moins après la mort de son frère et admira sans réserve ce que l'auteur des *Essais* a écrit sur l'amitié et sur les derniers moments d'Etienne de la Boétie.

(24) Homme politique et littérateur danois (1750-1819). Ministre du duc d'Oldenbourg à Copenhague, il se convertit au catholicisme en 1800. Son traité de l'*Amour de Dieu* parut en 1827 et fut traduit en français par MM. Waille et D., en 1830.

elle m'en laissait assez pour te dire : je t'aime. Aussi est-ce, je crois, en faveur du nouvel an qu'elle m'accorde aujourd'hui cette faveur.

Grand merci, mon cher ami, de toutes tes tendresses. Je t'envoie pour mes étrennes tout ce qu'une amie envoie à son amie. C'est bien léger, vas-tu me dire. Je te prie de croire que non. J'ai enfin rattrapé mon coin de feu; il me tardait bien, je t'assure, de n'avoir plus sous mes yeux ces vieux murs du couvent (25). Malgré toute la vocation que l'on me donne, rien au monde ne m'inspire autant de mélancolie que les *grilles*. J'aime cent fois mieux ma petite église de Cahuzac; elle est en rapport avec ma dévotion. Du reste, ce ne sont pas ses murailles qui m'y attirent.

Dis-moi si ton bon ange ne t'a pas encore conduit à + (26). Oh ! si j'étais là ! Est-il bien vrai que tu n'écriras pas dans le *Courrier de l'Europe ?* Je t'en conjure, mon cher ami, n'abandonne pas la cause de nos rois. Quoi qu'en dise M. Lacordaire, elle est sacrée. La France ne sera heureuse que sous leur règne. Je serais, je te le dis en toute vérité, bien malheureuse si tu pensais tout le contraire. Je ferais un bond de joie si je voyais un de tes articles pour Henri V. J'espère que tu me donneras cette jouissance, je ne vois pas que ta conscience puisse s'y opposer le moins du monde, ni qu'il y ait rien de haineux dans ce journal. Charles de Rivières trouve MM. de *l'Avenir* beaucoup trop exigeants de vouloir que l'on abonde tout à fait dans leur système. Il était enchanté de voir que tu écrirais dans *le Courrier de l'Europe*, et voilà que tu as trompé tout le monde. Oh ! reviens-y, mon cher ami, je ne te le répéterai plus, mais tu sais si je le désire.

Ecris à M. Bories, il t'aime beaucoup, fais-lui beaucoup d'amitiés. Nous n'osons pas lui dire que tu as renoncé à ton projet, il ne t'approuverait pas. Aime Lamennais comme il l'aime, et tu en feras bien assez.

M. Facieu te prie de lui envoyer du *vaccin* (27) de bonne qualité dans un tuyau de plume. Je pense que tu pourras le mettre dans une lettre. Fais-le au plus tôt. Je ne te dis que peu de mots, et ils sont pleins de choses qui ne te conviendront pas peut-être. Tu me les pardonneras peut-être, ce n'est que l'expression de mon cœur.

Adieu, mon bien cher Maurice, je t'embrasse et te prie d'offrir l'expression de ma tendre amitié à nos chers cousins.]

M[ARIE] DE GUÉRIN.

(25) Mlle Coutaud, chez qui était descendue Marie, habitait place du Salin, n° 19.

(26) Marie emploie ici l'écriture figurative. Un petit dessin représente une grille de confessionnal.

(27) La vaccination contre la variole se généralisait de plus en plus. On prenait de grandes précautions dans le Tarn, car, en 1832, la maladie existait à l'état endémique. Voir *Lettres d'Eugénie de Guérin à Louise de Bayne*, I, 211.

XIX

[*Mai* 1833.]

L'admirable pays que la Bretagne, par sa foi et ses beaux génies ! Que tes lettres datées de là (1) me font plaisir ! Que j'ai de joie, Maurice, de te savoir sur cette terre forte, de te voir vivre du même air qu'ont respiré Du Guesclin, Chateaubriand, Lamennais ! L'âme doit grandir dans une telle atmosphère. Que ne deviendra pas la tienne, si naturellement belle ! Que ne recevra-t-elle pas en intelligence des intelligences qui t'entourent ! Quels torrents de foi et de lumière t'inondent dans ta solitude de la Chenaie ! Tu me représentes un religieux à Clairvaux du temps de saint Bernard. Seulement M. de Lamennais me semble un peu moins doux que cet admirable saint. Mais M. Gerbet a la suavité d'un ange. Je te préférerais sous sa direction toute d'amour et d'humilité. Recueille bien soigneusement les conférences religieuses qu'il vous fait et que tu destines à tes sœurs, les anachorètes du Cayla. Je suis, au reste, fort satisfaite de sa décision [de M. Gerbet]. Veuille bien lui en témoigner tous mes remerciements, et combien je serais charmée de l'avoir toujours pour mon casuiste (2), mais ce ne sera jamais que de loin. Oh ! si au lieu d'être ta sœur, j'étais ton frère, tu me verrais bientôt où tu es, supposé le talent avec la vocation. La vocation serait certaine. Il y a longtemps que je dis comme saint Bernard : « *O beata solitudo, o sola beatitudo !* » Mais tu sais ce qui me retient [dans le monde] : toujours mon père et toi, toi, mon ami, qui m'as dit de rester encore pour toi dans le monde. Mais tu as déjà pris ton parti; tu as pris le ciel et tu me laisses la terre. O mon bien-aimé frère, si par incroyable tu la quittais avant moi, cette vallée de larmes, qu'y deviendrais-je ? Mais changeons d'idée... [*Lettre incomplète.*]

Lettre 19. — Mai 1833. — Fragment recopié par Eugénie en 1841 et publié par Trebutien dans le *Journal* d'Eugénie, page 425.

(1) Entre ce fragment et la lettre précédente, Maurice s'était rendu à la Chenaie, en vue de s'agréger à la Congrégation Saint-Pierre, fondée et dirigée par Lamennais. Les lettres d'Eugénie à son frère pendant cette période n'ont pas été retrouvées.

(2) Pour la consultation d'Eugénie et la réponse de l'abbé Gerbet, voir la lettre de Maurice de Guérin du 29 avril 1833.

XX

[6 *janvier* 1834.]

Que j'ai de reconnaissance pour ton ami du Val (1) et sa gracieuse femme, cette Sara de la nouvelle alliance qui accueille si gracieusement les pèlerins ! Tu as passé d'agréables journées sous cette tente hospitalière. Que dire à tes hôtes pour leur témoigner ma reconnaissance ? Que leur envoyer ? Ils aiment la poésie. En voilà. Mme du Val, d'ailleurs, m'a écrit et veut savoir ce que j'aime.

Enfant j'aimais les fleurs, les oiseaux, la parure;
Oui, lorsque sur mon front tombaient de blonds anneaux,
J'aimais à contempler ma petite figure
Dans le miroir des eaux.

J'aimais d'errer, pareille à la biche légère,
De la prairie au bois, des côteaux au vallon;
J'aimais à détacher, pour le rendre à sa mère
L'agneau pris au buisson.

J'aimais à recueillir, comme autant d'étincelles,
Les vers luisants sur l'herbe, attirant tous les yeux;
J'aimais à voir passer, ainsi que des nacelles,
Les astres dans les cieux.

J'aimais de l'arc-en-ciel la sphère éblouissante,
Posant ses pieds du Pôle aux monts Pyrénéens,
J'aimais les beaux récits, Trilby, la fée Organte,
Et des petits enfants les joyeux entretiens.

J'aimais tout chant, tout bruit, toute voix d'innocence,
Oiseau, nuage, encens que je voyais passer;
J'aimais tout, la nature était joujou d'enfance;
Dieu, pensais-je, étoilait le ciel pour m'amuser.

Joyeuse comme l'hirondelle,
J'épandais ma joie à l'entour,
Et, sans l'avoir mieux appris qu'elle,
Je chantais tout le long du jour.

Je chantais amour et louange
A tout objet aimant ou beau,
A ma mère disant qu'un ange
Veillait riant sur mon berceau.

Ah ! quand je la voyais sourire,
Elle était cet ange enchanteur
D'où me venait grâces et rire,
Où je puisais chants et bonheur.

Lettre 20. — 6 janvier 1834. — Autographe. Ce court fragment de lettre et cette poésie à Mme de La Morvonnais, ont été recopiés par Eugénie en 1841 dans un cahier qu'elle se proposait de faire publier par d'Aurevilly. Trebutien les a édités. (*Journal d'Eugénie de Guérin, p.* 421.)

(1) Le Val de l'Arguenon, en Bretagne. Maurice s'y était réfugié après la dispersion de la Chenaie. Il y passait des jours heureux entre Hippolyte de La Morvonnais et sa femme Marie.

Chants et bonheur avec ma mère
S'en allèrent en un cercueil,
Et je n'aimai rien sur la terre,
Rien que la prière et le deuil.

Oh! la prière est un dictame,
Un doux baume coulant du ciel,
Aussi salutaire à mon âme
Que l'huile aux lampes de l'autel.

D'où vient tout ce qui l'alimente
Et tant d'ineffables plaisirs,
Quand devant Dieu, comme une amante,
Elle exhale flamme et désirs.

Disant : « Que n'ai-je une aile d'ange
Pour voler sur ses pas, mon Dieu!
Que ne suis-je soleil, archange,
Un être d'amour ou de feu.

Une créature placée
Loin de ce monde ténébreux,
De cette région glacée
Que recouvrent de pâles cieux,

Et qui, sur quelque haute cime,
Planant avec les aquilons,
Trouve en toi son aire sublime,
Ainsi que l'aigle sur les monts. »

Et puis!... et puis mon cœur succombe,
Et rien ne peut me consoler,
Sur mes deux mains ma tête tombe,
Et devant Dieu j'aime à pleurer.

J'aime à lui dire : « O notre Père,
Donne-nous un cœur filial;
Comme aux cieux, sois aimé sur terre
Et délivre-nous de tout mal.

Délivre nos pieds de l'embûche
Que leur dresse l'esprit malin;
A la pauvre âme qui trébuche
Viens, ô mon Dieu, tendre la main.

Accorde une longue vieillesse
A l'homme qui chérit ta loi,
A ses enfants grâce et sagesse;
Au mécréant, donnez la foi.

Au pauvre cherchant son aumône
Faites trouver pain et logis,
Donnez à celui qui lui donne,
Donnez richesse et paradis.

Faites couler ses sources pleines,
Sous ses pressoirs des flots de vin,
Accordez-lui de blanches laines,
Et des champs de blés et de lin. »

Ainsi ma voix reconnaissante
Vous bénit devant le Seigneur,
O vous, accueillant sous la tente,
Comme Sara, le voyageur;

Avec une grâce ineffable
Et les soins les plus empressés,
Lui servez (2) le pain sur la table,
Lui versez l'onde sur les pieds;

Qui veillez, douce Providence,
Sur un frère que je chéris,
Dont je pleure la longue absence :
Je vous bénis ! Je vous bénis !

XXI

Monsieur Maurice de Guérin,
au Parc, chez Monsieur Vacher,
commune de Soizé, par Nogent-le-Rotrou. Eure-et-Loir.

[10 *juillet* 1834.]

Voilà deux bonnes lettres qui nous sont arrivées : la tienne, mon cher Maurice, et une de Félicité (1) qui nous parle de la place qu'on t'offre à Juilly (2). Tu n'auras pas dit non, j'espère, à moins de raisons à nous inconnues. Que peut-il se présenter de mieux dans ta position [attendante] qu'une place où tu pourras voir venir, sans autre dépense qu'un peu de vouloir et de caractère ? Car il faut de la volonté, je pense, pour faire le maître où que ce soit. [Tu le feras, et c'est même bonheur pour toi que la nécessité de déployer tes forces commandantes aussi bien que les calculantes qui sont en travail maintenant.] Ainsi, l'une après l'autre, se mettront en jeu toutes tes facultés, et, l'occasion venue, chacune sera prête à l'œuvre et répondra : me voici.

J'aime ce que tu dis de la vie de famille et de campagne que tu mènes chez ton ami (3). Je me rappelle qu'il t'écrivait du temps que nous t'avions (4), et qu'il semblait t'être tout dévoué. Il nous prouve à présent combien c'était vrai. Dis-lui de ma part le plaisir que nous

(2) Variantes de Trebutien : Lui *servant*... Lui *versant*.

Lettre 21. — 15 juillet 1834. — Autographe mutilé. La lettre porte les cachets de la poste de Gaillac, 19 juillet 1834; de Nogent-le-Rotrou, 24 juillet et P. P. Il manque environ 16 lignes au bas de la première et de la seconde page du manuscrit, mais il nous a été permis de reconstituer ces passages à peu près complètement grâce à Trebutien qui avait déjà publié en grande partie cette lettre dans son édition. (*Lettres d'Eugénie de Guérin*, pp. 52-56.)

(1) Félicité Raynaud, femme d'Auguste. La lettre signalée est probablement celle du 30 juin 1834.

(2) Pour la seconde fois, Maurice tentait des démarches pour obtenir une chaire de professeur à Juilly. Il espérait être plus heureux qu'en janvier et comptait sur la protection de l'abbé Gerbet et de l'abbé de Salinis. Mais les raisons qui l'avaient fait écarter une première fois jouèrent encore pendant les vacances de 1834. On eut peur de se compromettre en prenant un disciple de Lamennais.

fait le service signalé qu'il te rend et la reconnaissance que je rends à son affection cordiale. [Il t'est vraiment bien dévoué.] A-t-il sa mère ? A-t-il des sœurs ? Comme je sais que tu as plaisir de nous retrouver quelque part, je te demande si M. Vacher a des sœurs qui le dorlotent, qui mignardent frères et poulets comme au Cayla.

Hier (5), je vis mourir une de mes joies, un de ces petits choyés, dévoré par une marâtre. Je le couvris de sucre et de vin, mais il n'en est pas moins mort, et le pauvre *petit* est à présent dans le puits profond, le grand ossuaire des poules et bêtes mortes. A part la basse-cour, je n'ai pas d'autre bétail cette année; point de nids ni aucun *passerou* (6). Ces petits oiseaux se font aimer en les soignant, puis ils meurent et on les plaint. On a bien assez de peines. Puis, c'est encore une perte de temps. Je le trouve si précieux que j'en deviens toujours plus avare et n'en donne qu'à regret quelque minute à l'agrément, je ne sais lequel encore, car tout se change en utile pour moi, même le plaisir de t'écrire.

Mes correspondances vont toujours leur train (7). Grandes lettres à la Montagne, * petites * à Gaillac, mais souvent à Lisle aussi. Ma belle Antoinette ne peut m'oublier, et m'envoie assez souvent de gracieuses jolies lettres, charmants bijoux de cœur. Je lui dois une réponse ainsi qu'à d'autres. Hier j'avais sept lettres à écrire. C'est un vrai bureau de poste que [ma chambre,] ma tranquille chambrette. Tu sais comme il y fait bon. A présent, j'entends chanter les cigales; et, de temps en temps, un rossignol qui a son nid, là-bas, dans les genévriers. Ce côté du Cayla est un peu gâté par la chute du grand chêne et du grand cerisier que le vent a fait tomber cet hiver, mais ce n'est rien quand on voit la garenne de Sept-Fonts (8) toute à terre, notre chère allée sans ombre, nos bancs renversés, moitié brisés. Cela me fait mal à voir, et je n'y vais pas ou je n'y vais que pour

(3) Onésime Le Vacher avait invité Maurice de Guérin à venir passer une partie de ses vacances dans sa maison de campagne, au Parc, près de Nogent-le-Rotrou. Il s'y trouvait depuis le 16 ou le 17 juin.

Onésime Le Vacher, plusieurs fois lauréat du Concours général pour le Collège Stanislas où il avait connu Maurice, était un esprit très cultivé. Sa santé précaire décida sa mère, restée veuve avec ce fils unique, à se fixer à la campagne. Il y vécut toute sa vie, toujours maire de sa petite commune, Soizé, et très longtemps conseiller général de son canton, Authon-du-Perche. Sa nuance politique était celle du *Journal des Débats*. Comme caractère, il était très timoré et très scrupuleux. (*D'après les renseignements fournis par M. Jac, professeur à la Faculté Catholique d'Angers.*)

(4) Maurice n'était pas revenu au Cayla depuis 1832. L'autographe manque depuis : *il semblait t'être tout dévoué*, jusqu'à : *puis ils meurent et on les plaint.*

(5) Cette scène, qui témoigne de la compatissance de l'âme d'Eugénie, se passa, si l'on se fie aux *Lettres d'Eugénie de Guérin à Louise de Bayne*, le mercredi 9 juillet. Le début de la lettre à Maurice peut donc être datée du 10 juillet.

(6) « Moineau ».

(7) L'année 1834 fut pour Eugénie une année de correspondance très active. A Louise de Bayne seule, Eugénie écrivit 33 grandes lettres remplissant 110 pages in-octavo.

(8) A proximité du Cayla, vers l'ouest.

réfléchir. Où serai-je ? Où serons-nous quand ces arbres seront redevenus grands ? D'autres iront se promener sous leurs ombres et verront passer comme nous des vents qui les abattront. En tout temps, il y aura des orages sur la terre.

Je lis maintenant les *Etudes* de Chateaubriand (9). Après Lamartine, c'est le poète que j'aime le mieux. Il me vient même parfois la fantaisie de le lui dire. Peut-être le ferai-je et je te l'enverrai. [Vous me voulez tous tellement voir ce qu'on appelle poète !]

Je travaille pour mon amie de *là-haut* (10), et, pour lui causer une agréable surprise, je voudrais lui faire tomber, comme par hasard, ma pièce sous les yeux dans la *Revue Européenne*. Son père reçoit ce journal, et Louise me disait dernièrement qu'elle m'y cherchait toujours. Je serais bien contente si la pièce que je t'envoie pouvait y trouver place. M. Cazalès (11) ne te refusera pas, si la poésie des femmes est accueillie dans son journal. On me l'a dit, et je viens offrir ma fleur. Mais que ce soit sans *nom*. Je ne veux être connue que de Louise, qui n'a pas besoin que je me nomme. Oh ! que cela me ferait plaisir ! Je vais y travailler, car ce n'est pas fini; puis je reviendrai te dire tout ce que papa veut que tu saches.

Volià qui est fait, ma pièce est finie, non pas comme je la voudrais, il manque quelque chose à la fin, mais je laisse en blanc, pour ne pas retarder l'envoi. Tu pourrais nous trouver en retard et je ne voudrais pas te faire dire ce que nous disons quand tu lambines. Auguste doit être heureux de ce petit garçon qui lui est né (12). Nous avions pensé que tu serais parrain.

Voici papa qui parle ou qui me fait parler. [Il est content de tes arrangements avec Auguste * et va lui envoyer le billet de 2.000 francs * qu'il lui devra, espérant, comme le dit Félicité, que tu pourras en * payer les intérêts, surtout si tu vas à Juilly. Les appointements * seront plus forts dans ce collège pour la classe de Rhétorique que * dans celle de quatrième à Stanislas (13). * Aussi espérons-nous que tu l'accepteras. Ecris-nous bientôt pour nous faire savoir le résultat de cette offre, comme aussi si c'est pour à présent qu'on te demande ou seulement pour la rentrée.

Tu parles de belle récolte *au pays* où tu es (14); ici, elle est des

(9) Les *Etudes*, ou *Discours historique sur l'Empire romain*, par Chateaubriand, avaient paru en 1831. Cet ouvrage, qui devait être le frontispice d'une *Histoire de France* restée à l'état de projet, est une sorte de résumé d'histoire universelle. Chateaubriand voulait y montrer le Christianisme reformant la société.

(10) Pour Louise de Bayne, à qui est dédiée la poésie *Sur l'Amitié*. L'autographe manque depuis : *Je travaille pour mon amie*, jusqu'à : *papa veut que tu saches...*

(11) Fils du célèbre orateur de la Constituante, Edmond de Cazalès (1804-1876), était parent de Philibert de Roquefeuil. Il s'était lié d'amitié avec Maurice de Guérin à la Chenaie et l'avait accompagné à Saint-Malo.

(12) Ce petit garçon, digne filleul de Maurice de Guérin, est le docteur Maurice Raynaud, lauréat des hôpitaux de Paris, auteur d'un savant et agréable ouvrage sur les *Médecins au temps de Molière*, Paris, Didier, 1862. (*Note de Trebutien.*)

(13) Maurice donna, pendant quelques mois, des leçons au Collège Stanislas.

(14) Les mots soulignés manquent dans le manuscrit déchiré. La correspondance d'Eugénie à Louise de Bayne nous a permis de les rétablir.

plus tristes, de moitié pour notre compte. Le champ où il y a pour l'ordinaire 2500 gerbes n'en a eu cette année que onze ou douze *cents*. Le reste est en proportion. Point de menus grains, ni de légumes : la chaleur a tout brûlé. Elle est si active qu'il y a des raisins *qué bayrou* [*se dorent*] au plantier blanc, chose inouïe que des raisins mûrs en juillet.

Sur quoi discutez-vous tant avec ce bon curé qui te rafraîchit si agréablement la bouche ? Je voudrais être du goûté et même de la dispute (15). Je lis celle du baron d'Eckstein avec l'abbé Lacordaire *deux grands batailleurs. L'abbé est leste, adroit*, luttant à *coup d'esprit; l'autre à coup de tête, comme un grave allemand* qu'il est. M. le curé reçoit *la France Catholique* sans y être abonné. Le dernier numéro contient un article de *ton* ami du Val (16). Je ne l'ai pas vu. Ils ne m'ont pas répondu encore. Ce silence m'étonne. Comme tu dis, cette petite feuille est mince, le baron en fait tout le beau, c'est un fort écrivain, ce nous semble, et je suis enchantée de te voir écrire à côté de lui. Ne donneras-tu plus d'article ? Papa voudrait te voir continuer * pour si petit que tu gagnes c'est toujours une ressource,
* un (*mot illisible*) pour te payer. Je pense comme toi que le temps et
* Dieu se pourront seuls charger de justifier *les Paroles d'un*
* *croyant* (17) comme celles des prophètes. Qui des hommes y com-
* prend rien ? *]

Adieu, mon cher ami, je te recommande ma poésie. Si tu ne peux pas la faire insérer, dis-le-moi, je l'enverrai en *manuscrit*. Eran est à Albi, papa et Mimi t'embrassent comme moi, de tout leur cœur.

EUG.

15 juillet 1834.

Au sujet de poésie, j'ai depuis longtemps une pensée dont je veux te faire part. N'as-tu pas remarqué que, lorsque tant de poésie nous inonde, il ne vient rien pour les enfants ? Leur petite intelligence a pourtant aussi ses besoins et leur petit cœur ses jouissances. Que de jolies choses à leur dire ! Il me semble donc qu'une poésie enfantine nous manque et serait bien venue (18). J'ai inspiration..... [*Il faut que je travaille.*] Que penses-tu de cela ? Faut-il enfin me débarrasser de mes idées en les étouffant ou les laissant aller ? Je ne sais pourquoi je les ai; que Dieu m'éclaire. Réponds-moi là-dessus et dis-moi si je n'ai pas à craindre la perte de temps, si mes *Enfantines*

(15) Voir la lettre de Maurice du 20 juin. Voir aussi *Lettres d'Eugénie de Guérin à Louise de Bayne*, I, p. 413, note 6.

(16) La Morvonnais appréciait le dernier volume d'Achille Duclésieux : *L'âme et la Solitude*. Son article était rédigé sous forme de lettre : *Lettre à quelques jeunes hommes à Paris, juin 1834*.

(17) *Les Paroles d'un Croyant* avaient été publiées vers la fin du mois d'avril 1834.

(18) Nous trouvons ici une des premières mentions des *Enfantines*, recueil poétique qu'Eugénie voulait composer pour les enfants. Elle y pensait encore en 1841.

réussiraient. Alors plus d'indécision, je suis à l'œuvre; autrement j'aime mieux toute ma vie faire des bas que des vers inutiles. Quand on pense au compte que nous aurons à rendre à Dieu de toutes nos actions, de tous nos moments, il y a de quoi penser à l'emploi qu'on en fait. La vie est si courte pour gagner le ciel que chaque minute perdue vaut des larmes.

J'ai une peine de conscience ou de cœur. Il quitte le diocèse, ce saint prêtre (19) dont je t'ai parlé dans mon voyage jubilaire. Je le regrette d'autant qu'il m'avait permis de lui écrire et que j'espérais beaucoup de cette correspondance spirituelle. N'en parle pas. Te souviens-tu de moi dans tes prières ? On doit prier autant qu'aimer. Tu as de moi l'un et l'autre... Adieu...

XXII

Monsieur Maurice de Guérin,
chez M. Raynaud, rue de l'Arcade, n° 27, à Paris.

[1er *décembre* 1834.]

Un courrier impromptu passant à la Croix (1), pour Albi, me fait penser à notre député (2) qui, nous as-tu dit, se chargera volontiers de nos lettres. Celle-ci sera courte, un abrégé, un rien que je trace au galop, en attendant Délern, notre messager. C'est papa qui est venu tout essoufflé du Pausadou (3) pour nous annoncer ce départ, et voilà plumes en train : Mimi d'un côté et moi de l'autre. Elle répond à ta

(19) M. Périaux, grand vicaire d'Albi. Il revint dans le diocèse de Bayeux, après la mort de Mgr Brault qui l'avait attiré près de lui, et il est mort lui-même curé de Sainte-Trinité de Falaise, en 1862. M. Périaux est *le bon curé de Normandie* dont Mlle de Guérin parle plusieurs fois dans son *Journal* et dans ses lettres. (*Note de Trebutien.*) En mars 1834, pendant les exercices du jubilé, Eugénie avait choisi M. Périaux comme directeur de conscience.

Lettre 22. — 1er décembre 1834. — Autographe. Lettre publiée entièrement par TREBUTIEN, *loc. cit.* pp. 63-65. Le manuscrit ne porte pas de date; mais, comme ce billet est signalé dans le *Journal* d'Eugénie au 1er décembre, on ne peut avoir aucun doute sur la date de sa rédaction.

Entre cette lettre et la précédente, Trebutien en publie une autre, du 13 septembre, que nous ne mettons pas ici parce qu'en réalité elle forme le début du *Journal;* elle en est le premier cahier.

(1) La croix du Cayla, celle qui est placée non loin de l'escarpement sur lequel se dresse le château.

(2) Jean-Jacques-Justin de Lacombe, né et mort à Gaillac (16 mai 1795-3 octobre 1851), élu député du Tarn le 21 juin 1834. Il a représenté le département jusqu'en 1848.

(3) Petit hameau de la commune d'Andillac, à proximité du Cayla. Quand Eugénie parle du hameau, tout court, c'est le Pausadou qu'elle désigne.

lettre venue avant-hier (4), et je viens seulement ajouter un souvenir à mon courrier de vendredi. Le temps est court, je voudrais écrire à Louise par la même occasion, ce qui me fera te voler quelques minutes. Tu n'en seras pas fâché. Et d'ailleurs que te dirai-je aujourd'hui que je ne t'aie dit cent fois ? Je rabâche, je répète, je fais comme les vieux, redisant le soir ce que j'ai dit le matin.

Mais voici du neuf, un reproche; ne tremble pas, c'est une plainte. Je voulais te dire que ta lettre à Mimi lui eût fait bien plus de plaisir si le format en était plus grand et s'il n'y fallait ajouter mille choses qui manquent toujours à tes lettres. Est-ce ta faute ou celle de ton cœur d'homme ? Le nôtre, ce me semble, s'entend mieux en amitiés, et n'attend pas qu'on lui demande des tendresses et tout ce qu'on aime à voir dans une correspondance amicale. Ces pauvres frères, nous les gâtons, nous les aimons trop, nous les aimons tant que le faire ainsi leur semble impossible. Mais je veux me corriger et, au lieu de mes longues épîtres que je t'envoie, tu n'auras que des abrégés. C'est une résolution prise jusqu'à ce que tu m'écrives à ma fantaisie. Adieu donc le petit journal (5). Que me sert ? Tu ne m'en écris pas plus au long. Rien pour rien. Je ne saurai jamais un mot de ta vie parce que, dis-tu, tu t'étendrais si loin que je me lasserais à te suivre. Où irais-tu donc, quand ce serait au bout du monde, que je n'y arrive avec toi ? Ce n'est qu'une défaite, une excuse de paresseux, ou d'un petit cœur à la glace. Tu vas te fâcher, te plaindre, mais pourquoi écris-tu si court ? Sans cette lettre à Mimi, je te dirais de plus jolies choses, ou de plus douces du moins, car je n'ai pas beaucoup d'amertume dans l'âme, et déjà le doux me revient. Ce pauvre Maurice, qui nous aime sans doute, que lui veux-tu, que lui demandes-tu ? Au lieu de lui dire merci pour tout ce qu'il fait maintenant, je lui adresse des grondades (6). Ce n'est pas bien. Alors je me tais; embrassons-nous et tout est fini.

* Comme te voilà riche, mon ami, avec tes 1800 francs. * Dieu soit loué et tes amis bénis et ce bon M. Buquet (7) ! Sois bien assuré

(4) La lettre de Maurice n'a pas été retrouvée. Quant à la lettre de Marie, elle est datée, par distraction, du 2 novembre.

(5) Eugénie avait déjà écrit pour son frère, du 13 septembre au début de novembre, un premier cahier du *Journal* dont on connaît seulement le début.

(6) Elle ne devait pas tenir longtemps cette résolution d'écrire brièvement à son frère, car elle comprit vite que Maurice avait besoin plus que jamais de ses conseils de sœur chrétienne.

(7) Préfet des études au Collège Stanislas et confesseur de Maurice. Il devint plus tard directeur de Stanislas, puis archidiacre de Paris et évêque titulaire de Parium.

M. Buquet exerça une très grande influence sur tous les élèves de Stanislas. Voici le portrait qu'en a tracé Barbey d'Aurevilly dans une lettre à Trebutien du 10 avril 1856 :

« Le *P. Buquet* a été mon père à *Stanislas*. Quand l'étude ennuyait mon indépendance, j'allais travailler dans sa chambre. Je prenais ses livres. Il me gâtait. C'est un prêtre qui a les yeux *à la Bonaparte* et qui n'a qu'une sorte de génie, le génie de la bonté froide. Il fait le bien sans être ému. Sans éloquence, que dans son magnifique regard (n'est-ce pas une voix comme une autre ?), sans organes puissants, sans profondeur de doctrine, c'est un prêtre instruit, correct, sévère

que papa ne fait plus de jugement téméraire à leur sujet, et que nous leur portons toute la reconnaissance du monde pour ce qu'ils ont fait pour toi. Ton cher Lefebvre (8) serait-il pour quelque chose dans ta bonne fortune ? Je voudrais savoir ce qu'il fait; tu sais comme je t'aimais cet ami.

Et ceux de Bretagne, n'en saurons-nous plus rien ? Réponds-moi un mot sur leur compte et n'oublie pas la Chenaie si tu en sais quelque chose. Crois-tu que je l'aie en oubli ? Oh ! non, mais je ne pense jamais à l'ange déchu (9) qu'avec un quelque chose au cœur que je ne puis exprimer. Dis-nous ce qu'il fait. Par ici, on dit qu'il *grogne* contre Rome dans sa solitude et qu'il vient de publier sa philosophie (10). Nos journaux pourtant n'en ont rien dit. Il est vrai que ce n'est que la pauvre petite *Gazette du Languedoc* qui ne dit que du *cancanage*.

Voilà Délern. Adieu, mon cher ami, je t'aime toujours. Je n'ai que le temps d'assurer Félicité et sa famille de toutes mes affections.

XXIII

Monsieur Maurice de Guérin,
rue et hôtel Bergère, à Paris.

Au Cayla, le 16 avril 1836.

J'escamote la plume à Mimi pour te dire un mot d'amitié et te presser, comme papa, de venir ces vacances (1). Aurais-tu quelque

d'aspect, archidiacre de l'Eglise de Paris, qui connaît et qui voit chez lui *toutes* les plus grandes familles de France. »

La chapelle des Carmes garde un buste de Mgr Buquet, au dessous duquel se lit l'inscription suivante :

« C. L. Buquet. Olim Pariensi Episcopo et antea Coll. Stanislai primario hoc Pietatis suæ Monumentum propinqui, amici, discipuli condidere. »

(8) Voir la lettre d'Eugénie à Maurice du 31 décembre 1831, note 6.

(9) Marie de Guérin se plaignait non moins vivement que sa sœur du retard apporté par Lamennais dans sa soumission à Rome.

« Et M. Féli ? Que fait-il à la Chenaie ? Il tarde bien à faire sa soumission au Saint-Père. A-t-il oublié que, pour être disciple de Jésus-Christ, il faut être doux et humble de cœur ? Ce grand homme a une foi bien vive, mais la charité comment l'entend-il ?... Pardonne, mon cher ami, ces réflexions à ton obscure sœur sur un si grand génie. Mon cœur me les dicte. D'abord comme chrétienne, je dois gémir de le voir s'écarter de l'Eglise. Puis, une autre pensée bien amère me revient souvent. Tu ne m'as jamais dit : « Il a tort. » Oh ! celle-là... je ne t'en dis pas davantage... Je me contente de prier et d'espérer... et de compter sur ta religion. Je veux bien croire que tu ne te laisseras pas éblouir par des doctrines fausses si belles qu'elles soient en apparence. »

(10) *L'Esquisse d'une Philosophie*, de Lamennais, ne parut qu'en 1840.

Lettre 23. — 16 avril 1836. — Autographe inédit. La lettre porte les cachets de Gaillac, 19 avril 1836; de Paris, 22 avril 1836, et le signe de paiement. Ces quelques mots d'Eugénie suivent une longue lettre de son père à Maurice et précèdent un post-scriptum de Marie.

(1) Maurice avait fait espérer à son père un voyage à Paris dont il devait sup-

peine à cela, mon ami ? Tu n'en dis rien et ne me fais rien espérer. Si tu savais pourtant comme je le désire, comme nous le désirons tous, tu viendrais sans te le faire dire deux fois.

Papa t'annonce, je crois, la mort du pauvre oncle Saint-Hilaire (2). Voilà ses filles à la mendicité, sans ressource aucune, n'ayant aucune instruction ni moyen d'existence. Que ne suis-je riche ! La cousine de Toulouse (3) qui, pensions-nous, les prendrait chez elle, vient de nous écrire qu'elle ne peut pas s'en charger, ni les aider que de peu. Que ces pauvres filles sont malheureuses ! Dieu me préserve d'un pareil sort.

Mimi a porté l'aube (4) faite d'Albi. Elle est fort belle, ce qui ajoute à nos remerciements. C'est demain qu'elle sera offerte, l'aube de Maurice.

Mme Vialar (5) est à Alger, d'où elle doit aller à Rome. Quelle femme ! Quelle vie ! Oh ! celle-là n'est pas inutile.

J'eus hier un chagrin. Mitraille, mon favori, jeune chien fort beau, avait été mordu par un chien enragé. La rage l'a pris malgré la cautérisation. On l'a tué. Pauvre bête !

Adieu, mon ami; pense que je veux que tu viennes.

Encore une fois, qu'est devenu M. de La Morvonnais (6) ? N'est-il plus de ce monde ?

[*P.-S.*] Pourrais-tu nous envoyer, sans te gêner, par Adrien (7) deux voiles noirs en tulle du prix de 8 ou 10 francs ? Gabri en a deux de ce prix fort jolis. Si tu ne fais pas la commission, n'en parle pas.

porter les frais. Au dernier moment, le projet qui souriait tant au Cayla fut contremandé. Maurice ne pouvait se charger que de la moitié des dépenses : la déception fut amère pour M. de Guérin. Ne pouvant aller à Paris avec son fils, il l'invita à venir passer ses vacances au Cayla.

(2) Monsieur de Saint-Hilaire, marié à Elisabeth-Marguerite Fontanilles, maître de pension à Saint-Pons, puis à Sorèze. Il laissait deux filles : Flora et Emilie.

(3) Mlle Coutaud.

(4) Une aube envoyée de Paris par Maurice pour M. Bories.

(5) Emilie de Vialar, fondatrice de la Congrégation des Sœurs de Saint-Joseph de l'Apparition.

(6) Les rapports de La Morvonnais avec Maurice n'étaient plus les mêmes qu'autrefois. Le châtelain du Val voyait avec peine son jeune ami fréquenter Barbey d'Aurevilly et s'écarter de toute pratique religieuse. Du même coup, il cessa toute correspondance avec Eugénie de Guérin, au moins momentanément.

(7) Adrien et Gabrielle de Bellerive. Les voiles noirs demandés par Eugénie lui furent envoyés peu après. Elle ne fit pas appel en vain à la bourse de son frère.

XXIV

Monsieur Maurice de Guérin,
rue et hôtel Bergère, à Paris.

10 juin 1836.

Point de noce, tout est rompu (1), et d'un côté j'en suis bien aise à cause de la mauvaise santé de cette pauvre G[*abrielle*]. Ses parents s'abusent trop sur son compte et ne donnaient rien moins qu'une agonisante à mon frère. Il fallait s'être lié comme nous l'étions pour ne pas se dédire à la vue de cette mourante personne. Papa fut frappé, en la voyant à Cazals (2), de sa maigreur, de son air défaillant, si bien qu'il dit à M. de B[*ellerive*] que, sur ces apparences, il ne pouvait prendre aucun engagement définitif, et qu'il trouvât bon qu'E[*rembert*] vînt voir sa fille, ce qui parut piquer le père. Enfin tout s'est passé étrangement. Une lettre, au bout de huit jours, est venue dispenser Er[*embert*] de sa visite, en lui annonçant, le plus poliment du monde, qu'il était refusé. G[*abrielle*] ne voulait pas vivre à la campagne, elle a besoin de distractions, de voir un peu de monde, et, quand elle avait consenti à l'affaire projetée, c'était sans réflexions sur les inconvénients d'une vie passée au Cayla. Tout cela est vrai, et ces inconvénients nous les avions prévus avec Mimi et conclu que G[*abrielle*] s'ennuierait ici à crever, que, s'il fallait aller à la ville, nous nous ruinerions. Enfin, cette noce ne me souriait pas, et je bénis Dieu d'avoir défait ce que les hommes faisaient. Seulement j'aimais de G[*abrielle*] son caractère, sa douceur, sa piété. Son être spirituel nous plaisait. C'eût été parfait à pouvoir séparer son âme de son corps. Je lui ai écrit sur la rupture une grande lettre amicale, où je me mets en dehors de tout ce qui s'est passé pour demeurer toujours son amie. Il ne faut pas que le cœur souffre de ces choses étrangères à ses affections. Je serais vraiment fâchée que ceci vînt à nous refroidir (3).

Lettre 24. — 10 juin 1836. — Autographe inédit. La lettre porte les cachets de la poste de Gaillac 13 juin 1836, de Paris 16 juin 1836; ID.; C; le signe du paiement.

(1) Le projet de mariage d'Erembert avec Gabrielle de Bellerive. Voir *Journal*, 14 mai.

(2) Cazals, près de Saint-Antonin (Tarn-et-Garonne). Les Bellerive y possédaient un château.

(3) L'amitié de Gabrielle de Bellerive et d'Eugénie ne fut pas diminuée par la rupture de ce projet de mariage. Les deux cousines continuèrent à s'écrire et à s'aimer comme par le passé.

Ce traité rompu, nous allions donc faire assaut aux montagnes (4), papa surtout visait là depuis longtemps, mais voilà que Mme d'Ad[*hémar*] a mis en tête à Er[*embert*] une jeune inconnue de 19 ans, avec 60.000 francs de fortune. Cette proposition nous contrarie parce qu'Er[*embert*] y donne et qu'il est presque absurde de croire que tant d'avantages soient possibles sans quelque carte de dessous. A 19 ans, bien de physique et de santé, aller vivre à la campagne et porter 60.000 francs dans une maison où il y en a, quitte de dettes, 90.000 pour quatre, me semble un conte (5). Je conçois plutôt que L[*ouise*], qui va avoir 25 ans, qui voit ses sœurs vieillir dans le célibat, qui nous connaît et notre façon de vivre, se décide à nous porter son avenir et ses 60.000 francs, mais à 19 ans, c'est autre chose, on espère beaucoup mieux qu'une retraite au Cayla. Cependant, faut-il passer par cette chance de fortune avant de rien dire à la montagne, parce qu'Er[*embert*] est entiché de ce *printemps*, de cette dot. Mme d'Ad[*hémar*] est à Toulouse, ce qui suspend les propositions. A son retour, papa ira la voir pour mieux savoir ce que c'est que cette personne dont nous ne savons ni le nom ni le lieu. Je te tiendrai au courant de cette affaire. J'espère que, quelque vite qu'aillent les choses, tu seras à temps à la noce. Que ton arrivée est pour moi, pour Mimi, pour papa, une bien autre fête ! Ce mariage me porte deuil. Je ne sais quoi me dit que c'en est fait de notre repos, de notre union. Notre frère sera à part de nous, par ses goûts, par ses intérêts, par mille choses qui ressortent d'un changement de position. Ces prévisions sont fausses, injustes peut-être. Je me reprocherais de m'y arrêter, n'y pensons plus, laissons faire, ou plutôt que Dieu nous mène sans que nous allions nous agiter sous sa main.

Mon ami, que je te dise tout le plaisir qu'a fait à papa l'assurance que tu lui donnes contre l'hérésie (6). Tout de bon, il te croyait avec l'ange tombé dans l'abîme, et même je n'étais pas loin de le craindre comme lui. Je ne veux pas toucher à ta conscience, mais qu'est-ce qui peut donc te faire négliger tes devoirs ? Je me tue à le chercher.

Nous allons perdre un ami; tout annonce l'arrivée du titre de M. Bories (7). Le ministre a fait savoir que cette nomination aurait lieu dès que les affaires du budget de 1837 seraient terminées. Tu conçois notre douleur de conscience, celle du cœur aussi, car tout en nous se tient et souffre l'un par l'autre. De peu... (8)... Papa a les mêmes regrets. Notre curé (9) aussi se lamente et tous ses confrères

(4) C'est-à-dire à Rayssac, auprès de Louise de Bayne.

(5) Eugénie devinait juste. Aucune suite ne fut donnée au plan élaboré par Mme d'Adhémar.

(6) Dans sa lettre du 22 mai, Maurice avait renié Lamennais pour la seconde fois. Il avait déclaré que les doctrines de l'auteur des *Paroles d'un Croyant* n'étaient plus les siennes et qu'il n'apartenait pas à *l'Ecole*.

(7) M. Bories fut nommé curé de Graulhet le 19 août 1836. Depuis plus d'un an, des intrigues politiques retardaient cette nomination.

(8) Le manuscrit est déchiré.

(9) L'abbé Fieuzet, nommé curé d'Andillac depuis quelques mois à peine.

sur cette perte qui les rend comme orphelins. Ces pauvres jeunes prêtres, l'archevêque leur avait dit de consulter M. Bories comme un grand vicaire. Mon Dieu, mon Dieu, faut-il que tout passe en ce monde ? M..... ne vient pas à Cahuzac, mais que me fait qui que ce soit à la place de ce bon père qui ne sera pas remplacé ! J'ai bien regret pour toi que tu ne le trouves pas quand tu viendras. Son neveu parle de toi dans ses lettres; rends-lui la même attention dans les tiennes, cela fait plaisir aux parents. T'ai-je dit que l'aube avait été trouvée magnifique (10) ? Quel dommage en vérité qu'elle aille...

Fais mes compliments à Auguste et à Félicité sur l'heureuse venue de leur troisième enfant. N'est-ce pas Furcy qu'il s'appelle (11) ?

Adieu, mon ami; je t'ai tout dit, je crois, hormis que nous t'aimons tous.

EUGÉNIE.

[*P.-S. de Marie.*] — Il ne me reste que ce petit bout de papier pour te dire, mon cher M[*aurice*], combien j'ai eu de plaisir à recevoir le voile. En vérité, je ne m'attendais pas à cette belle surprise. Merci mille et mille fois à ton cœur, et à ta bourse qui m'a si bien servie lorsque je ne m'y attendais pas et quand je m'y suis adressée. Ton aube nous arrive bien à propos, puisque voici le moment du départ. Je te laisse à penser notre peine. Je ne puis te le dire; tu le sens tout comme nous. Adieu.

Ne parle pas dans tes lettres de la peine que nous fait ce mariage d'E[*rembert*]. Quel plaisir me fait ton arrivée ! Viens le plus tôt possible.

[*P.-S. d'Eugénie*]. — Ce bon M. Bories me dit hier en *ouvrant* (12) qu'il avait une lettre de toi pour moi (13). C'était l'attendue depuis longtemps. Aussi, mon affaire faite, je courus vite au presbytère chercher mon paquet, le décacheter et le lire. En vérité, j'aime bien tes lettres, mais ces lettres furtives que personne ne voit, que personne ne touche que toi et moi, ont cent fois plus de charmes. Pourquoi me donnes-tu si peu ce plaisir ? C'était si commode que ce buréau au presbytère. Tu pouvais en faire le centre d'une correspondance de cœur d'une douceur infinie. Je t'en ai prié, pressé mille fois, dans la pensée de te faire du bien, d'ouvrir une voie à ces courants d'idées, d'émotions, de sentiments qui traversent l'âme parfois et la ravagent. Tout naturellement, j'ai cru que tu t'épancherais sur moi. Voilà pourquoi tu m'as toujours vue placée comme un

(10) Voir la lettre précédente.
(11) Furcy Raynaud, né en mai 1836. Il fit la campagne d'Italie et épousa Mlle Esther.
(12) En ouvrant la grille de son confessionnal.
(13) Celle du 7 juin. Elle était pleine d'intimités.

vase sous ton cœur, et, en vérité, pas pour grand'chose, car à peine est-il tombé de temps en temps quelque goutte, si bien que parfois j'ai cru la source tarie. Mais non, je croirais plutôt que les eaux remontent vers leur source. Parlons sans figure, j'ai pu croire ton affection morte, comme on prend parfois des endormis pour des morts; puis de beaux réveils m'ont rassurée, j'ai mieux saisi tes sentiments et me suis résignée à tes léthargies. Point de gêne entre nous, je t'aimerai tendrement, vivement, à ma façon, aime-moi à la tienne, quelle qu'elle soit. Pourvu qu'il y ait quelque chose pour moi dans le cœur, je suis contente. Voilà ton procès fait et jugé.

Quant à l'autre affaire décidée par toi (14), tu me permettras d'en appeler à une cour plus haute. C'est devant Dieu que ces sortes de causes se portent; je lui ai remis la mienne et me tiens tranquille en attendant décision. C'est le conseil de M. B[*ories*] qui ne veut pas qu'on s'occupe trop de son avenir. Ma docilité a suffi pour calmer mes inquiétudes et pour même écarter au loin une pensée qui me pressait vivement. La considération de mon père devait-elle me retenir ? Avait-elle empêché Mme de Chantal, qui, de plus, laissait quatre enfants orphelins (15) ? Je n'avais pas à passer sur le corps d'un fils en allant où Dieu m'appelait. Sainte Thérèse aussi quittant un père, un frère qu'elle aimait, me revenait pour exemple. Il y a six mois de cela. Me voici repliée de plus fort dans toutes mes affections. Il s'était fait alors un grand développement de mon âme vers le ciel. Je me sentais le cœur en haut. Maintenant, je m'arrête à ce pauvre monde, je me prends à pleurer sur tout ce que j'y laisserais, je considère ce que tu me dis qu'un jour je pourrais vous être utile, surtout je m'arrête à la pensée de vivre avec toi. Qu'elle m'est venue souvent cette idée ! Avec quel charme, je me figurais, jadis, de venir tenir presbytère avec toi, dans une campagne. Depuis que j'ai perdu cette espérance, je n'ai pas trop compris comment nous pourrions nous réunir, et encore je ne vois pas dans quelle solitude je pourrais te joindre un jour. Tu seras professeur, ton état te fixera dans le monde, dans la société où je ne suis pas appelée. En vérité, je me sens trop de dégoût pour le train et les affaires de la vie. Ces occupations m'ennuient, me semblent laides, à moins que le devoir ne m'en charge, car la volonté de Dieu embellit toutes choses, comme dit Fénelon.

Adieu, mon ami; je suis dans ce moment toute préoccupée du départ de M. B[*ories*]. Cette perte est grande et me laisse sans point d'appui sur la route du ciel. Ce n'est pas que nous manquions de

(14) Eugénie songeait à la vie religieuse. Elle avait parlé de son projet à son frère, car elle n'avait pas de secret avec lui. Maurice lui avait conseillé de rester dans le monde.

(15) On connait la scène déchirante des adieux de sainte Jeanne de Chantal à sa famille. Au moment de la séparation, le plus jeune de ses enfants, Celse-Bénigne, se coucha sur le seuil de la porte, défiant sa mère de lui passer sur le corps, et la mère dut se raidir pour accomplir son sacrifice.

RAYSSAC - LE CHATEAU.

RAYSSAC - VUE SUR LES MONTAGNES.

prêtres, mais tous n'ont pas le don de direction. Notre nouveau curé me plaît, par sa douceur, son esprit, sa piété, mais il est bien jeune ! J'aime quelques cheveux blancs sur la tête d'un confesseur. Vous autres hommes, vous n'avez pas ces soucis, il ne vous vient pas tant de douleurs de conscience qui font pleurer plus d'une femme, car pour notre malheur nous avons du cœur partout.

XXV

Monsieur de Guérin,
rue et Hôtel Bergère, à Paris.

[*Rayssac*] 11 août [1836].

Me voici aux chères montagnes (1), auprès de ma chère Louise, heureuse de la voir, de lui parler, d'être avec elle toujours, dans la pleine, pleine jouissance enfin de l'amitié. Je suis dans ce bonheur depuis trois jours qui ont filé comme des minutes, si vite, si vite que je n'ai pu saisir que ce moment pour t'écrire. Louise, qui ne me quitte jamais, m'a quittée cependant pour aller à l'église, et j'ai couru dans sa galerie m'asseoir sur sa chaise, prendre une plume et t'écrire où elle m'écrit. Je t'avais promis de le faire et de penser à toi, ce qui va sans dire. Ton souvenir ne fait qu'un avec moi où que j'aille, surtout ici où tant de choses me rappellent mon cher Maurice. Hier, à l'occasion du tonnerre qui grondait comme il y a quatre ans, on parla de ta pièce de vers sur *l'Orage*, puis du petit grillon (2), et cela me faisait un plaisir!... Quand on aime quelqu'un tout ce qu'on en dit va au cœur. Mon ami, ce serait bien mieux si, au lieu de parler de toi, je t'avais. Voilà une pensée qui m'attriste. A présent que j'étais contente, ce regret vient comme un nuage me presser sur le cœur : mais, mon Dieu, il en vient tant dans la vie qu'il faut bien s'y accoutumer.

J'ai bien une autre peine, un mécompte, une espérance trompée à faire pleurer longtemps. Je me hâte de te l'apprendre, car cela me

Lettre 25. — 11 août 1836. — Autographe. Lettre publiée par *le Mouvement des faits et des idées*, 1923. Le manuscrit porte les cachets de la poste de Vabre, 15 août 1836; de Paris, 19 août; Id; OR; le signe de paiement.

(1) Eugénie se trouvait pour la troisième fois à Rayssac. Elle y passa trois semaines, depuis le 6 août jusqu'au commencement de septembre.

(2) Les deux poésies de Maurice, *l'Orage* et le *Grillon du foyer de Rayssac*, furent composées en 1831 et en 1832. On ne possède plus aujourd'hui que la seconde. Quant aux vers sur *l'Orage*, ils furent réclamés en juin 1840 par Eugénie après la mort de son frère. Mais rien n'indique que Louise les ait retrouvés.

pèse au cœur. L[*ouise*] ne peut être à nous. Je ne puis avoir cette chère amie pour sœur. Le refus ne vient pas d'elle, elle ne sait pas même nos projets et ne peut les savoir. J'ai donné ma parole de ne pas lui en parler. Çela me gêne, me met à l'estoc, mais sa sœur l'exige, sa sœur la comtesse, à qui j'ai d'abord fait part de la proposition dont j'étais chargée. C'était dans les convenances de s'adresser à elle, qui a tenu lieu de mère (3) à L[*ouise*], et j'aurais cru lui manquer d'agir autrement. Mais sa réponse négative m'entrave, m'ôte tout espoir. Adieu, le traité sous le chêne; adieu, mille espérances flatteuses; adieu, la charmante sœur. Que de choses ce *non* m'a fait perdre !

Je ne le pardonnerais pas, si la comtesse n'avait motivé son refus, de façon à me le faire accepter sans rancune. C'est dimanche, à Saliès (4), dans le parc, que nous avons traité cette affaire. Je n'osais pas la proposer, je tremblais de cœur, j'hésitais, près de toucher heur ou malheur, enfin la chose fut dite. La comtesse n'en parut pas surprise, elle me dit : « Pour quel frère ? — Mais, pour l'aîné. — Au demeurant, ajouta-t-elle, pour quel que ce soit la chose est impossible. Ma sœur a des goûts et des idées d'établissement que votre fortune ne pourrait contenter. Nous voulons bien la marier, il nous tarde que quelqu'un de nous prenne un parti, mais faut-il s'assurer dans ce changement de position de quelque chance de bonheur. Ni ma sœur ni votre frère ne sont assez riches l'un pour l'autre. L. aime la dépense; elle a des goûts de princesse; il lui faudrait la fortune des Visconti (c'est une famille millionnaire dont Ch. d'Aragon (5) épouse une fille). Enfin, ma chère Eugénie, je ne puis pas vous tout dire, mais croyez-moi, L. ne fait pas pour vous. Je vous le dis avec la plus entière franchise, et surtout je vous prie, je vous conjure de ne pas lui parler de vos projets là-dessus. » Je lui promis, la voyant si pressante. Que me servirait d'en parler, de nous mettre mal avec la souveraine ? Au reste, je crois qu'elle a raison. J'ai vu, examiné, fait des questions. L. ne veut pas d'abord vivre à la campagne, article essentiel que je voulais savoir; puis elle voudrait mener un certain train dans le monde qui nous serait impossible. Elle n'est

(3) Louise de Bayne ne connut point sa mère, Jeanne-Françoise de Lostanges, inhumée à Gaillac le 25 mars 1812. La comtesse Pulchérie, plus âgée que sa sœur joua vis-à-vis d'elle le même rôle qu'Eugénie par rapport à Maurice. Elle était du reste sa marraine.

(4) Commune du canton d'Albi sur le territoire de laquelle se trouve le château de la famille d'Aragon, remarquable par sa riche bibliothèque et son parc boisé aux allées ombreuses.

(5) *Charles*-François-Armand de Bancalis de Maurel, comte d'Aragon, né le 23 avril 1812, mort à Paris le 15 septembre 1848, perdit ses droits à la pairie en 1830, épousa en 1837 Thérèse-Séraphine Visconti d'Aragona, des anciens ducs de Milan. Elu député par le collège d'Albi, il a représenté le département du Tarn jusqu'à sa mort. Conseiller général d'Alban (1839-1848). Commissaire extraordinaire du département en 1848. La même année, la presque unanimité des électeurs le nomma représentant à l'Assemblée nationale. Il aida le duc de Nemours à quitter la France après la Révolution de 1848.

pas aussi riche que nous croyons; j'ai [*su*] d'elle-même que sa mère avait avalé une bonne portion de sa fortune. Puis enfin son caractère est l'antipode de celui d'Erem. Voilà donc ma toile d'araignée défaite; je te le disais bien que je ne comptais pas sur grand'chose. Cela m'apprend encore mieux à ne fonder aucune espérance en ce monde.

Adieu, mon ami, je reprendrai dans un autre instant. Impossible à moi de continuer. J'ai L. à côté de moi. Que dire d'elle auprès d'elle ?

Papa n'est pas encore guéri de sa jambe, il lui faut beaucoup de repos. Ce ne sera pas dangereux, mais long. Est-il vrai que les Raynaud viennent nous voir ces vacances ? Quel bonheur si tu venais avec eux ! Nous avons chez nous les pauvres Saint-Hilaire (6), bien affligées, bien malheureuses, bien à plaindre. Il m'est venu une idée à leur occasion. La voici : c'est de travailler à mes *Enfantines* (7) pour les publier à leur profit. Que penses-tu de cette idée ? A présent, ma poésie aurait un but utile, et je m'y enfoncerais toute entière. Je sens qu'elle n'est pas morte. Serait-ce pour rien que Dieu me l'aurait conservée ? J'attendais ton arrivée pour te faire part de mon plan, ou plutôt t'en demander un, car je n'ai rien de fixe là-dessus. Dis-moi d'abord si mon idée est bonne, [*si cette*] résurrection poétique a le sens commun. Tu sais qu'on ne se juge pas soi-même. L'ouvrage de M. Hippolyte a-t-il paru (8) ? Tu pourrais charger Félicité de me le remettre. C'est donc dans quelques jours que je verrai cette chère cousine et ses beaux enfants.

Nous passons la plus douce vie du monde en promenades, à l'église, en causeries de cent mille choses. Le soir, la conversation s'agrandit quand M. de B[*ayne*] s'y mêle et nous entretient de tant de choses qu'il sait. Cet homme si instruit, si bon, si estimable, me traite à merveille; il t'aime et me parle de M. Maurice souvent.

[*P.-S.*] L'adresse est par Vabre (9). J'attends une de tes lettres ici, où je compte demeurer quinze jours, plus ou moins, suivant les affaires du Cayla. Ainsi je pourrais bien partir plus tôt que je ne compte. Ce mariage d'Erem m'occupe grandement. Qui sait qui nous verrons entrer dans la famille ?

(6) Flora et Emilie Saint-Hilaire restaient sans fortune à la mort de leur père. Maurice, pris de pitié pour elles, leur envoya 50 francs.
(7) Ce recueil de poésies ne fut jamais terminé.
(8) La *Thébaïde des Grèves* ou *Wordsworth*, par La Morvonnais.
(9) Chef-lieu de canton du Tarn, arrondissement de Castres.

XXVI

6 7bre 1836, le jour de saint Eugène.

Il y a huit jours, je descendais des montagnes tout tristement, pensant à Louise, le cœur plein de son amitié et des regrets de notre séparation. Qu'il en coûte de s'éloigner d'une amie, de se séparer quand on a trouvé tant de bonheur d'être ensemble ! Dire adieu est un mot qui fait pleurer, qui tue. Fénelon a bien raison de dire que l'amitié qui fait le grand bonheur de la vie donne aussi d'inexprimables peines. Nous les avons senties, Louise et moi. C'est qu'au fond, les plus douces choses de la vie ont leur amertume. Je l'apprends, je le sens toujours plus. Qu'y faire ? Se résigner, s'habituer tout doucement au courant du monde qui passe si diversement.

Mon ami, j'ai pensé à toi partout aux montagnes : sous les tilleuls, dans le petit salon, dans la galerie où Louise m'a fait lire de tes lettres (1), ces chères lettres que M. de Bayne conserve avec d'autres papiers précieux. Je crois que tu lui ferais bien plaisir de lui en envoyer quelque autre de temps en temps, de lui parler un peu de ce qui se passe dans le monde penseur et littéraire. Ce brave homme t'aime particulièrement. Le nom de M. Maurice lui doit être au cœur, car il l'a souvent sur les lèvres. Cette affection doit te plaire, j'y prends plaisir, d'autant qu'il m'en revient quelque chose comme ta sœur apparemment. Enfin, je ne sais pourquoi M. de B[*ayne*] me traite d'une manière distinguée. Il venait, causait, me parlait de ses grands auteurs, de ses grandes pensées. Nous ouvrions tous les livres, histoire, philosophie, légendes, poésie. C'était un cours de littérature que ses conversations du soir, car c'est le soir que nous causions, lui sur son fauteuil le dos tourné à la fenêtre, moi sur le grand sofa à la place marquée de la comtesse, Léontine au bout, Louise sur une chaise le plus près de moi, et Criquet à ses pieds ou sur ses genoux. Tu aurais vu aussi la table ronde avec (2) des livres, des brochures, des journaux, des bas entassés autour d'un chandelier, et dessous l'ombre où venait le grillon. C'était comme il y a quatre ans, toi de moins. L[*ouise*] n'est pas du tout changée; c'est même air de jeunesse, même gaîté, même œil de feu. Quel regard ! Je voudrais qu'il fût tombé sur Raphaël. Que serait-ce ? Moi, j'en ai dans l'âme un tableau charmant. Il est vrai...

Lettre 26. — 6 septembre 1836. — Autographe incomplet. Lettre publiée en partie par Trebutien, *loc. cit.* pp. 109-112.

(1) Celles que Maurice adressa de la Chenaie à M. de Bayne.
(2) Première rédaction : *couverte*.

Je fus coupée là tout court par l'arrivée de Miou (3), mon écolière, petite fille douce, jolie et bête, selon papa qui n'aime pas sa lenteur, ce qui lui fait juger aigrement ma pauvre protégée.

[Mais revenons à l'esprit, parlons de L[*ouise*], encore un moment. J'en parlerais toujours, toujours. Elle me donne tant à dire, à sentir, à regretter ! Quel regret, mon Dieu ! Tu sais ce que je veux dire et comme j'espérais l'appeler ma sœur. Mais non, espérer n'est pas le mot. Je ne me trompais pas à ce point, je sais que le bonheur ne nous sert pas assez, surtout pour ces affaires. En voilà je ne sais combien qui nous manquent. Je crains que notre f[*rère*] soit obligé au célibat, à moins que quelque étoile imprévue ne le guide en lieux étrangers, car dans le pays nous ne voyons plus personne pour lui. La demoiselle de Lisle ne veut pas non plus vivre à la campagne. Notre désert effraie ces jeunes têtes, toutes tournées du côté du monde. L[*ouise*] elle-même m'a avoué qu'elle ne quitterait pas sa solitude pour une autre, qu'en se mariant elle voudrait changer de position et mener une vie plus riante; puis, il lui faudrait de la fortune; enfin, nous ne sommes pas du tout ce qu'il faut pour son bonheur, pour ses goûts. J'ai su cela par des questions adroites ou maladroites qui m'ont trahie, qui lui ont dit ce que je ne pouvais pas lui dire. Au reste, je n'avais pas promis de me taire, seulement de ne pas proposer, ce qui m'a coûté assez, je te jure. Ne pas tout dire à elle, si confiante, si expansive, qui m'oüvre cœur, âme, tête, conscience, enfin tout. Oh ! qu'il m'en coûtait de lui taire une chose, toute posée sur mes lèvres avec tant d'autres qui s'en allaient ! Mais celle-ci était sous cadenas, j'ai prouvé qu'une femme pouvait tenir un secret (4). C'est bien cela puisque je n'ai rien dit qu'indirectement. Je savais que papa lui avait parlé comme en riant de ce projet. J'ai pris de là pour savoir un peu sa pensée. Ses réponses, qui ne pouvaient pas être concertées, ont été les mêmes que celles de la comtesse à Saliès. Les deux sœurs se connaissent et ne m'ont pas trompée. « Je ne connais pas, m'a dit L[*ouise*], d'alliance qui me fût plus agréable, mais ni lui ni moi ne sommes assez riches. En me mariant, je ne veux pas me mettre à la gêne. » Pouvais-je lui dire qu'elle aurait de l'aisance chez nous ? C'eût été la tromper, connaissant notre position et les sacrifices qu'elle exige, petites choses dont personne ne se doute mais qui font souffrir parce que ces privations sur lesquelles on passe tous les jours entrent dans l'âme comme des grains de sable sous les pieds. Je ne voudrais pas que mon amie fût associée à notre vie telle qu'elle est; elle y serait malheureuse, je crois. Son habitude n'est pas de calculer sur une paire de souliers comme nous.

(3) Fille de Malric, le meunier du Cayssié.
(4) Cf. La Fontaine, Livre VIII, fable 6. *Les femmes et le secret.*

En vérité, souvent je serais mieux chaussée si j'avais 5 francs dans ma bourse. Ce n'est pas que papa nous refuse quoi que ce soit, mais que donner quand on n'a pas ? Je ne veux pas te le taire, ces 50 francs que tu as envoyés à nos cousines nous les gardons parce que papa leur en a donné autant et qu'il se trouve sans le sou depuis cette aumône. Par surcroît de gêne,] une grêle est venue avant-hier nous enlever nos raisins. C'est pitié de voir ces pauvres vignes brisées, qui promettaient une si abondante récolte. On ne comptait pas moins de soixante-dix barriques, comptez sur quelque chose en ce monde !

[Que je suis aise de te voir maintenant à l'abri de ces misères, de cette pénurie dont tu as si longuement et si longtemps souffert ! Voilà l'avantage d'une position indépendante des événements du dehors, il n'y a pas grêle ni mauvaise récolte pour toi. Tes vacances sont embesognées mais riches. Auguste m'a dit qu'une seule répétition te valait 50 francs par semaine (5). C'est énorme, je me le suis fait répéter deux fois pour le croire. Il est dommage que ça ne dure pas toute l'année.]

C'est demain que nous attendons les Raynaud, grands et petits. Il tarde infiniment à papa d'embrasser Auguste, sa femme et les petits enfants. J'ai eu ce plaisir la première à mon passage à Albi. [Comme je descendais de cheval, ils arrivèrent chez Mathieu (6)]. Juge du bonheur, et comme la connaissance fut bientôt faite avec Félicité. Cet air d'amies que nous eûmes d'abord surprenait tout le monde, ceux qui ne savaient pas que nous nous connaissions déjà de cœur. Je trouve notre cousine bonne, simple, amicale, t'aimant beaucoup, ce qui fait que je ne l'aime pas peu. Nous avons causé de toi. « Parlez-moi de Maurice. Que fait-il ? Pense-t-il à nous ? Viendra-t-il enfin ? » et cent autres questions que j'ai faites, que je ferai encore ces jours-ci plus à loisir. Il pleut, par malheur; ce qui nous empêchera de sortir, de nous asseoir sous quelque chêne où il fait si bon dire des secrets.

Si nous t'avions aussi, quel bonheur ! N'y pensons pas puisqu'y penser n'y fait rien que donner plus de regrets. Mais pourtant souviens-toi que je te veux, que nous te voulons l'an prochain. Arrange-toi en conséquence, ou dis-nous que tu ne veux pas nous voir. Je ne vois rien que l'agrégation (7) qui puisse te retenir, mais, d'ici à un an, tu as tout le temps de te préparer. Prépare-toi donc, ou plutôt présente-toi sans hésiter. Un peu de courage, allons; les courageux l'emportent. Pense au plaisir que tu nous feras, à celui qu'en aura

(5) Les répétitions étaient données par Maurice dans une famille riche qui habitait à quatre lieues de Paris. Qui sait si ce n'était pas la famille de Gervain, avant qu'elle vienne s'établir rue du Cherche-Midi ?

(6) M. Mathieu, juge au tribunal de première instance à Albi, habitait place aux Herbes. Sa maison est aujourd'hui détruite en partie.

(7) Après avoir abandonné le Code, Maurice se prépara au professorat.

papa, ce cher père qui t'aime tant que nous en serions jaloux, si nous n'avions malgré cela notre bonne part de tendresse. Le cœur d'un père est infini.

[Tu voudrais bien apprendre que sa jambe se trouve guérie; il ne me tarde pas peu de te l'apprendre, mais ce ne sera pas de quelque temps. Je crains qu'il y en ait pour tout l'hiver, voici deux mois que cette pauvre jambe est malade. C'est ce qu'on appelle un coup de fouet; garde-toi d'étirer trop ta jambe dans tes courses. Une autre peur plus sérieuse me prend pour toi, c'est de te savoir la nuit dans ces rues de Paris pleines d'assassins. Les journaux sont pleins de ces guet-apens nocturnes (8). Prends-y garde, sois prudent, pense à nous qui te regretterions tant si un pareil malheur t'arrivait. Je te remercie infiniment de *l'Echo* (9). Papa aimerait mieux un journal politique. Tu en enverras un pour lui, si tu le peux sans te gêner. Je ne te dis pas lequel, papa veut voir avec.....] [*Lettre incomplète.*]

XXVII

Monsieur Maurice de Guérin,
rue Cherche-Midi, 36, *à Paris.*

Au Cayla, le 7 juin 1838.

Moi aussi, je regrette bien ce pauvre M. de Bayne (1), ce bon ami, ce digne homme. Il sera mort d'une attaque, puisqu'il n'a pas été malade et qu'il était menacé. Enfin, de façon ou d'autre, nous nous en allons tous, heureux quand c'est pour le ciel. Ma pauvre Louise, comme je la vois désolée ! Elle aimait tant son père !

Toi, mon ami, que nous fais-tu de ta santé ? Elle me tourmente. Ce lait d'ânesse, ce *il tousse*, que tout le monde dit, ne sont rien de rassurant (2). Ce mauvais air de Paris te fait cela. Que je l'aime peu !

(8) Les gazettes de l'époque racontent que de nombreuses attaques nocturnes avaient lieu à Paris, depuis le mois de juillet, jetant l'effroi dans la population de la capitale. Aussi les rues les plus fréquentées étaient-elles désertes dès onze heures du soir. On dut recourir à d'importantes forces de police pour réduire les malandrins.

(9) Probablement *l'Echo français.*

Lettre 27. — 7 juin 1838. — Autographe inédit. Communiqué par Mme Vincent-Lebaupin. Ces quelques lignes sont un post-scriptum qu'Eugénie a ajouté à la lettre de son père. La lettre porte les cachets de Gaillac, 9 juin 1838; Id; C.

(1) Le père de Louise de Bayne venait de mourir à Rayssac le 4 juin 1838. Le bruit de cette mort ne tarda pas à arriver au Cayla.

(2) Madame de Maistre avait écrit à Eugénie, le 23 mai : « Je ne vous dis rien de votre frère aujourd'hui. Je l'ai vu il y a quelques jours. Il tousse encore un peu, mais il a bonne mine et il trouve qu'il se fortifie. »

Si tu mettais un vésicatoire ! Cela t'avait ôté la toux cet automne (3). Enfin je voudrais bien te voir guéri. Adieu, je t'embrasse et t'aime comme toujours.

Mille tendresses à Caro, à tante, sans oublier Charles.

XXVIII

Pour Maurice.

Le 4 août [1838].

De peu s'en est fallu, mon ami, qu'au lieu de venir à des noces nous fissions un enterrement. Je suis en vie par miracle, un miracle de providence qui m'a sauvée d'une chute effroyable, de la mort dans un abîme où nous avons roulé, trois personnes, cheval et voiture. Je frissonne quand j'y pense. J'ai senti la mort, je l'ai vue, je m'étonne de ma vie. C'était aux Cabannes (1) du côté du Saint-Crucifix (2), lieu fatal où j'ai failli périr, il y a dix ans, sur un charriot. Aussi des pressentiments, je ne sais quoi, m'ont suivie dans cette capote emportée par un cheval fou. Mais je n'osais pas avoir peur, ni refuser à Elisa (3) et à son frère le plaisir qu'ils se faisaient de me mener promener en voiture. Une rose à la main, nous partons, nous volons, nous sillonnons comme l'éclair la belle route de Laguépie (4). C'est charmant, sur de beaux vallons, des bois superbes, des prairies, un ciel radieux. Je regardais tout cela et ma rose pour me distraire de [*mon*] pressentiment. Je pensais à toi, je pensais que je repasserai sur cette route pour aller à ton mariage, mais rien ne pouvait chasser l'idée triste, la crainte d'un danger, si bien qu'au tournant vers Cordes (5) une palpitation, un redoublement de peur intérieure qui m'a fait recommander à Dieu et à la sainte Vierge. C'est dans ces pensées que j'ai vu notre équipage se lancer comme un trait dans les travers qui avoisinent l'église du Crucifix, et moi sous les roues, et moi me trouvant *moi* dans un tas d'orties. Quel

(3) Pendant les vacances de 1837 que Maurice avait passées dans sa famille.

Lettre 28. — 4 août 1838. — Autographe inédit communiqué par M. Moulat, professeur au Lycée d'Albi.

(1) Commune du canton de Cordes.
(2) La chapelle du Saint-Crucifix, bâtie sur le versant nord de la colline de Cordes, est une chapelle reconstruite à la suite d'une terrible épidémie qui sévit de 1629 à 1631. On y va en pèlerinage chaque année, au mois de mai, en souvenir du vœu que fit la municipalité, consuls en tête, le 31 octobre 1631.
(3) Elisa Fontanilles et Jean-Martin Fontanilles.
(4) La route nationale de Toulouse à Clermont.
(5) Chef-lieu de canton du Tarn. Vieille bastide fondée en 1222 par Raymond VII, comte de Toulouse; elle est pittoresquement située sur un monticule qui défend la vallée du Cérou.

moment ! Que sent-on ? Je n'en sais rien, je n'ai que senti la protection divine. « Elisa, la pauvre Elisa ! », pensais-je aussi, car on pense mille pensées ensemble. Elle criait : « Eugénie, où est Eugénie ? » avec désespoir, ne me voyant pas, me croyant écrasée. Elle était demeurée dans la voiture qui l'a vidée tout doucement contre un arbre qui a fait abattre le cheval. Elle saute à moi, me serre, m'embrasse et me fait emporter dans une maison voisine, qui s'emplit d'une foule criant au miracle de nous voir tous trois en vie. Fontanilles était sur ses pieds comme sortant du lit. Médecins, chirurgiens arrivent avec leur trousse, et n'ont eu à me jeter que de l'eau au visage. Je n'étais qu'évanouie. Sur cent chutes pareilles, disait tout le monde, on ne se sortirait pas d'une. Aussi j'ai bien la conviction d'une assistance divine, et j'en bénis Dieu pour vous tous qui m'aimez, qui seriez à présent malheureux si j'étais morte. Ça se rencontrait mal avec ton mariage. Avec quelle joie, cette main, qui pourrait être en terre, se promène sur ce papier, t'écrit que Dieu t'a conservé une sœur qui t'aime ! M. le curé (6) m'a remis ta lettre. Je n'y réponds pas, les lettres reçues y répondent.

Tu me fourniras de quoi venir, tu veux même venir me prendre, me dit Mme de Maistre (7) ! Oh ! la parfaite amie que nous avons là ! Je ne veux pas que tu viennes à cause du trajet qui pourrait te faire mal. Peut-être trouverai-je quelqu'un d'ici, c'est suivant l'époque du mariage. Le tableau, la nappe, nous font un plaisir infini (8). Tout le monde est ravi, tout le monde bénit ta charmante fiancée. Comme tu dis, c'est un ange de bonté que Dieu te donne.

Adieu, mon ami; occupez-vous des papiers. Papa s'en tourmente. Tu m'enverras l'argent par Saunal, mais pas encore; sachons plus tôt l'époque du départ.

M. de Chateaubriand est allé voir notre cathédrale (9).

Je suis enchanté de ton économie de fonds pour me les envoyer. Sans cela, pas moyen de venir à ta noce. Ne parle pas de la chute, papa n'en sait rien. Il aurait plus de peine à me laisser partir.

(6) M. l'abbé Fieuzet, curé d'Andillac (1er fév. 1836-23 juillet 1839).

(7) Extrait de la lettre de Mme de Maistre à Eugénie de Guérin du 20 juillet 1838. « Dans les derniers jours que je l'ai vu [*Maurice*], il m'a confié que la fortune de la jeune personne n'était pas ce qu'on croyait. Quel malheur ! et que j'en ai été douloureusement affectée, et pour lui, et pour vous, qui vous réjouissiez tant de son avenir ! Les choses sont-elles aussi fâcheuses qu'il me l'a dit ? Je suis bien pressée de savoir par vous-même l'effet que vous a produit cette nouvelle. Son mariage se fera ce mois de septembre, m'a-t-il dit, et il doit aller vous chercher. Il m'a donné l'adresse de *M. Saunal*, négociant à Gaillac. Mon banquier de Nevers pourrait-il lui adresser directement un effet de 4 ou 500 francs ? C'est tout ce que je puis vous offrir et que vous me rendez si heureuse d'accepter. »

(8) Caroline de Gervain avait envoyé pour l'église d'Andillac, comme présent à l'occasion de son mariage, une nappe d'autel et le tableau de la Vierge par M. Augier.

(9) Chateaubriand, ayant entrepris un voyage dans le Midi, s'arrêta à Albi vers le 17 juillet, en se rendant de Clermont à Toulouse, par la route de Saint-Flour. Il admira la Cathédrale Sainte-Cécile. Voici ce qu'il en a dit : « Son architecture est charmante, et ses peintures au-dessus de tout ce qui existe en ce genre; ce n'est pas seulement une église, c'est un admirable musée. »

XXIX

[*Paris*, 13 *novembre* 1838.]

A l'heure où il est (*sic*), tu te trouves chez ton ami (1) et moi seule dans ma chambre, pensant à toi, à ton avenir, à ton mariage, et je pense, hélas ! que tu n'aurais pas dû te marier. Je ne connais aucune femme pour toi. Il te faudrait une femme à part, une Ève créée pour toi, d'une forme haute et flexible, d'une nature tendre et forte, une femme virile, et tu me disais hier au soir que toutes n'étaient que des fleurs belles à voir seulement. Triste parole de fiancé qu'il me faut croire quand je te vois prendre ta rose par les épines. Ces sensibilités extrêmes, ces émotions de tête, ces accès nerveux pour des riens qui te blessent de leurs mille pointes pourraient faire de véritables malheurs. Une ligne suffit (2) pour séparer ce qui se touche; l'union des cœurs tient à d'imperceptibles choses, je dirai presque à un cheveu. Oh ! que c'est frêle et faible, et que je tremble pour vous ! Des pleurs ce soir, des faiblesses de femme enfant, que je n'avais pas vus encore, ajoutent encore à mes craintes la veille de votre mariage. Mais à ta place, mon ami, je dominerais tout cela. L'homme a une faculté, un droit de puissance qu'il doit exercer doucement sur ces mutineries féminines, en les méprisant, en les comprimant avec adresse. Jamais les heurter de front sans risques de révoltes. Vous n'en viendriez pas à ces... [*Lettre incomplète.*]

Lettre 29. — 13 novembre 1838. — Autographe inédit. Ce billet (ou ce fragment de journal) n'est point daté. Mais il peut l'être d'une manière à peu près certaine grâce au *Memorandum* de Barbey, dans lequel on lit au 12 novembre : « Reçu un billet de G[*uérin*], fort en humeur contre sa fiancée, oiseau capricieux comme toutes celles de l'espèce. » Le lendemain, 13, Barbey ajoutait : « De là chez G[*uérin*]. — Sommes allés dîner ensemble chez Véfour. Causé intimement. Lui ai tracé tout un plan de conduite pour les commencements de son mariage et il paraît résolu à le suivre. — Allés à Valentino. — Enivrés de musique. — Promenés une demi-heure au Boulevard, ressassant notre vieux sac de poésie. »

(1) Barbey d'Aurevilly.
(2) Première rédaction : Une *petite* ligne.

XXX

Monsieur Maurice de Guérin du Cayla,
rue Cherche-Midi, 36, *Paris.*

Nevers, dimanche [14 *avril* 1839].

Mon cher Maurice, que je suis contente et heureuse de ta lettre (1) ! Je la reçois à l'instant, en revenant de la messe où j'avais eu quelque distraction à ton sujet. Le cœur nous suit à l'église, et je me souviens que Caro est un peu comme moi, et pensait et repensait pendant un sermon à l'Abbaye que peut-être elle te trouverait étouffé à son retour. Moi, je pensais je ne sais quoi, ne recevant pas de nouvelles depuis plus de huit jours que j'ai écrit à Caro. Qui aurait su que tu avais adressé aux Coques ? Tout le monde en a fait autant pour ces dames : journaux, lettres, tout un gros paquet nous est arrivé, dans lequel s'est trouvée ta lettre et une du bon et aimable général. Il me fait part des regrets qu'il a eus de n'avoir pu me faire ses adieux, et d'autres choses aimables. Quand tu seras guéri, tu iras le voir. A quand, mon ami, cette guérison, cette santé tant attendue, tant demandée ? Bientôt, j'espère. Il y a du mieux déjà, ta gorge s'adoucit. Aimable gorge ! Oh ! serre-la bien, dors bien; avec cela et les soins de Caro, ta douceur suprême, tu ne peux manquer de guérir. Je t'ai laissé bien pâle cette petite sœur, d'un air un peu fatigué qui me peine. Mon Dieu, qu'elle ne soit pas malade aussi ! Dis-moi, ou qu'elle me dise, car elle et toi c'est tout un pour votre sœur, dites-moi ce qui en est de cette délicate santé.

La mienne est à l'ordinaire, mais ma pauvre Henriette a été fort mal hier, à nous donner des inquiétudes. Au retour d'une promenade, elle a été prise d'angoisses et vomissements qui ont duré quatre heures, avec d'insupportables douleurs de tête et de cœur. Nous eussions été bien en peine, aux Coques, loin de tout secours. Ce matin, elle va mieux, mais toute brisée. Je ne sais si nous pourrons partir demain. Mme de S[*aint*]te-Marie a été la moitié du temps dans son lit, avec une joue enflée. Les pauvres santés avec belle apparence ! Ce pauvre Eran, ce bon frère, je crois bien qu'il t'ait laissé avec

Lettre 30. — 14 avril 1839. — Autographe inédit communiqué par MM. Helleu et Sergent. La lettre porte les cachets de Nevers, 15 avril 1839, et de Paris, 16 avril 1839.

(1) Eugénie a quitté Paris le 3 avril pour se rendre auprès de la baronne de Maistre.

émotion ! On ne se quitte pas sans regret quand on s'aime bien, quand on a entre frères une affection si intime, si profonde. Nous n'avons pas eu d'autre bonheur dans notre pauvre famille, mais celui-là supplée à tant d'autres et les dépasse si bien que je ne changerais pas notre maison pour tout l'or du monde. Que tu es aimable de m'avoir écrit de sous tes rideaux, mon cher malade ! Grand merci. Entre Caro et toi, tenez-moi au courant, n'oubliez pas la pauvre éloignée qui vous aime tant tous les deux. Que je suis aise de la visite du Père Buquet ! Vive M. Buquet ! Adieu. Amitiés à tout ce qui t'entoure. Il est fâcheux qu'Eran n'ait pu prendre son portrait. Le voilà arrivé enfin et nos chers ermites bien contents. Je t'embrasse sur deux joues, une à toi, l'autre à Caro.

Ces dames vous font tout plein d'amitié et sont enchantées de tes nouvelles.

Adressez aux Coques (2).

XXXI

26 mai [1839].

Je ne sais pourquoi, je suis plus tranquille ce soir sans te savoir mieux. Je sais ton état, je sais que ta gorge est plus enflammée, ta voix éteinte, ta faiblesse extrême, une atonie complète, et cela me porte bonheur, hélas ! me tire des transes d'agonie où me mettaient (1) ces lettres d'alarmes sans détail. L'incertitude est affeuse, moins supportable que la réalité la plus triste qu'on sait. J'étais envahie de craintes, de flots d'idées noires qui, grâce à ton ami (2), à son étendu bulletin, vont se reposer dans leur creux.

Vu avec plaisir un nid d'oiseau qu'on a porté à Valentine. On perd la joie et non les goûts du cœur. Oh ! que j'ai de lassitude ! Bon soir, trop cher malade.

Un jour, en me lisant des lettres, des lettres de ton ami, tu me fis promettre de te dire ce que je penserais sur sa personne si jamais je venais à le voir. Tu tenais à cela comme à une chose de cœur. Je ne sais pourquoi j'ai tardé d'en parler, car, il y a quelques mois, j'aurais pu dire ce que je dis aujourd'hui. Il est des impressions qui se font tout à coup jour [*œil*] sur œil, âme sur âme. M. d'A[*urevilly*]

(2) Le lendemain, 15 avril, Eugénie accompagnait son amie au château des Coques.

Lettre 31. — 26 mai 1839. — Fragment inédit. Autographe communiqué par MM. Helleu et Sergent.

(1) Première rédaction : où *je te voyais.*

(2) Première rédaction : à *notre* ami.

est de ceux qui frappent l'esprit et qui me l'a frappé le plus subitement. Cette intelligence, nouvelle pour moi, m'a étonnée, mais d'un étonnement agréable où le cœur a bientôt pris part, car il m'a semblé ton frère. Puis, quand je l'ai vu qui t'aimait tant, avec une si forte et tendre amitié, je me suis prise de reconnaissance et d'affection pour lui. C'est ma première affection hors de famille, mais qui peut y rentrer par sa ressemblance avec celle que j'ai pour toi. Comme toi, le voilà dans mes pensées de demeure et de sollicitude, de prières, un anneau de plus à cette chaîne d'affections que j'attache au ciel : père, frères, sœur, Louise, Marie, Lui et toi avec Caro, et à chacun un intérêt différent.

Mon père..... [*Lettre incomplète.*]

XXXII

Monsieur Guérin du Cayla,
rue Cherche-Midi, 36, *à Paris.*

[*Les Coques*] mercredi 29 [*mai* 1839].

Ta lettre (1) nous est venue hier à la fin du dîner, et ce fut pour moi, mon ami, un joli dessert. Le plaisir de te revoir, d'embrasser Caro, et cette chère santé qui se relève un peu, cela fait d'heureuses nouvelles. J'en avais besoin. Ce temps si mauvais, cette toux durante, me tourmentaient un peu fort. J'allais écrire à Caro, à sa bonne lettre (2) dernière qui m'assurait contre l'émeute (3), mais non contre la crainte de te voir atteint de fièvre et d'abattement. Cela ne se voyait que trop. Aussi je ne pensais pas sitôt au voyage. Mais quel bonheur de t'en entendre parler comme un homme qui sent ses forces, qui me proteste, avec un ton de conscience, que je puis le croire, qu'il va mieux, assez mieux pour se mettre en route sans hésiter ! Qu'il en soit ainsi, malgré mes doutes, et partons. Allons au soleil du midi, revenons au doux air que tu désires tant, allons

Lettre 32. — 29 mai 1839. — Autographe inédit. La lettre porte les cachets de la poste de la Charité, 30 mai 1839; de Paris, 31 mai; F; ID.

(1) Celle du 26 mai.
(2) Celle qu'Eugénie reçut le 20 mai 1839.
(3) Le 12 mai, une bande de révoltés pilla tout à coup un magasin d'armes dans le quartier Saint-Denis, s'empara du poste du Palais de Justice et se rendit en deux groupes à la Préfecture de police et à l'Hôtel de Ville en criant : « A bas Louis-Philippe ! Vive la République. » Les émeutiers tiraient un peu partout des coups de pistolet et de fusil. On ne parvint que difficilement à les maîtriser. Des barricades s'élevèrent pendant plusieurs jours.

manger ces guines et cerises dont tu savoures la fraîcheur. Je ne te croyais pas des fantaisies de bouche si vives. C'est l'appétit qui fait cela, le bel appétit de malade qui met le couvert sur ton lit de toutes sortes de mets, tantôt sucreries, des fruits à présent. Tu deviens décidément gourmand. Je le demande à ta charmante garde-malade, si ce n'est pas vrai et si ce n'est pas elle qui l'a fait un peu en servant si joliment toutes tes fantaisies dans ces assiettes qu'elle te porte de sa main. Si soins et affection peuvent guérir, tu guériras. Je me repose dans cette pensée que Dieu accordera pour toi beaucoup de grâces à ceux qui t'aiment, à ta femme, ton ange suppliant. Tu te trouveras donc mieux, j'espère. Pour à présent (4), je crois peu en toi, quoi que tu dises. Passe-moi ce doute sur ta parole de malade. Je ne compte pas plus sur un tousseur qui parle de santé que sur un coquin qui se dit honnête homme. Mais voici le beau temps, la chaleur qui vont me démentir et te guérir. Que je te voie gras comme l'Amour que sculptait M. Augier (5), et à bientôt !

Dans mes discourutions (6), j'oubliais de te dire que, conseil tenu, nous avons décidé de vous joindre à Tours. Ce sera plus sûr que le passage à Orléans, sujet à bien des chances. Il part de la Charité une voiture pour Bourges, et de là une pour Tours. M. de Chouland, le voyageur, nous a tracés cette route. Que mon trajet (8) ne te tracasse pas; il n'y a de peine à ce départ que de partir d'ici, quitter cette si tendre amie, sa toute bonne famille. Si tous ceux qui s'aiment pouvaient être ensemble au même lieu (9) ! Bonheur du ciel seulement. Aussi je voudrais bien que toi et d'autres s'arrangent pour s'y trouver.

Arrangez vos plans de voyages, je vais penser au mien. Votre station à Tours (10) me donnerait-elle le temps d'aller voir S[*aint*]-Martin, où nous serions déjà sans la visite de Mgr de Nevers (11) aux Coques ? Mme de S[*ain*]te-Marie (12) tient beaucoup à me mener voir son castel. Ce serait peu de jours, et sans déranger en rien vos projets. Faites-moi part de votre ultimatum et je ferai mes plans de campagne ensuite.

Porte-moi pour notre pasteur les *Vertus Sacerdotales* par Fénelon. Cet ouvrage se trouve rarement, mais on m'avait promis de se le procurer à une librairie de la rue du Bac, au-dessus de Vaton.

(4) On dit de préférence : *Pour maintenant*.

(5) Ami de la famille de Gervain. Il fit les portraits d'Erembert et d'Eugénie, mais ce dernier s'est perdu, on ne sait trop comment.

(6) Occitanisme. Son emploi paraît intentionnel.

(7) Géologue, agent politique de la duchesse de Berry.

(8) Première rédaction : *voyage*.

(9) Cette pensée revient souvent sous la plume d'Eugénie.

(10) Caroline se proposait de s'arrêter pendant quelques jours chez d'anciennes amies de l'Inde, les dames Mansell.

(11) Monseigneur Naudo.

(12) Mère de Mme de Maistre. Elle habitait le château de Saint-Martin, par Saint-Saulge, Nièvre.

Suivant ma commode habitude, j'ai oublié le numéro. Ensuite, je voudrais une épingle-broche de cinq ou dix sous, et, ce qui est bien loin d'une broche, et qui servira tout autant et beaucoup mieux pour un malade à qui il faut ses bijoux, un des plus utiles et qui manque, tu t'en souviens, au Cayla, le *clysopompe*. Notre ancien est indigne de sortir de son étui. Qu'un écrin tout nouveau te suive.

Je crois avoir parlé dernièrement à Caro (13) des nouvelles du Cayla qui étaient bonnes. J'en ai eu depuis de près et de loin, de Louise (14) et du général de Frégeville (15) qui a la bonté de se souvenir de moi et qui vous est fort dévoué. M. d'Aurevilly est venu aussi m'assurer que les balles, les ignobles balles de l'émeute (16), ne l'avaient pas atteint. Son bulletin ne dit pas trop de mal de toi.

Adieu, cher ami. Tous nos amis te font des souhaits de santé et t'offrent leurs souvenirs pour les tiens. J'embrasse Caro, et dis tout plein de choses à toute la maison.

EUGÉNIE.

Caro portera, je pense, son atelier de fleurs. Ajoute à mes commissions quelques cahiers de papier fin. J'ai tant écrit que plus n'en aurai au Cayla.

XXXIII

Monsieur Guérin du Cayla,
rue du Cherche-Midi, 36, *Paris*.

[*Les Coques*] Jeudi [6 *juin* 1839].

Je ne suis pas à Saint-Martin, cher Maurice, mais bien ici encore en famille, attendant le beau temps et ton avis pour me mettre en route. Je m'aperçois, en relisant ta lettre (1), que j'aurais dû t'écrire plus tôt pour te fixer ma résidence, mais, demeurant aux Coques,

(13) Dans sa lettre du 16 mai 1839.
(14) Eugénie reçut la lettre de Louise le 16 mai.
(15) Extrait de la lettre du général de Frégeville du 21 mai 1839 : « J'ai été voir hier vos chers parents, et c'est avec un grand chagrin que j'ai trouvé la santé de votre frère bien dérangée. Il m'a dit que son projet était d'aller aux Eaux-Bonnes et que vraisemblablement vous vous réuniriez vers Orléans pour voyager ensemble. Dieu veuille que mes craintes ne soient pas exagérées.... Quant à Mme votre belle-sœur, c'est un véritable ange de bonté. »
Pour la notice biographique du général de Frégeville, voir les *Lettres d'Eugénie de Guérin à Louise de Bayne*, I, p. 287, note 6.
(16) L'expression est de d'Aurevilly lui-même, dans sa lettre reçue aux Coques le 26 mai.

Lettre 33. — 6 juin 1839. — Autographe inédit. La lettre porte les cachets de la poste de la Charité, 7 juin 1839; de Paris, 8 juin; Id; F; le signe de paiement.
(1) Celle qui arriva aux Coques le 1er juin.

je n'ai pas pensé à te le dire, comme si tu le savais. Mille pardons de ma bêtise qui t'aura peut-être mis en peine. En vérité, on a quelquefois l'esprit endormi. Au premier réveil, je me hâte de réparer ma sottise, et vais jeter ceci bien vite au facteur.

Quelque envie que nous ayons pour Saint-Martin, il faut l'ajourner à plus tard. Mme de Sainte-Marie ne part d'ici qu'après-demain, le temps est trop court pour qu'elle puisse m'amener. Ce plaisir (2) est, à mes grands regrets, renvoyé, comme à tant d'autres il arrive. Mais c'est avec promesse et instances de revenir l'an prochain. C'est bien touchant pour moi de me voir si bien aimée de cette aimable famille. Mme de Sainte-Marie porte dans ses affections la franchise et la vivacité de son caractère; elle me l'a témoigné pleinement par mille marques d'intérêt, intérêt qui se porte aussi sur toi. « Dites bien à M. Maurice, me disait-elle hier encore, combien je lui suis attachée, quoique je l'aie *grondé quelquefois*. Qu'il n'en garde pas rancune. » Je l'ai bien assurée que tu n'étais pas rancuneux.

Monseigneur nous est venu dans la pluie et nous a quittés de même. Ce qui n'a pas empêché le beau temps au dedans, cet air de fête que prend une maison où entre un prince de l'Eglise. Quelques amis sont venus lui faire leur cour et prendre part au festin. Les Coques ont pris ces jours-là leur grand air de château : Seigneurs, laquais et voitures, et joli et bruyant tracas. Nous voici au calme, à la vie ordinaire, et aux souffrances de chaque jour. Mme de Maistre a gardé sa chambre depuis, ce jour même elle ne s'est levée qu'à deux heures. Tu n'es pas le seul reclus, mon pauvre malade, on ne voit que douleurs et maux de tous côtés, ce monde est un hôpital. Que devient ta gorge, ton estomac, ton sommeil ? Ne fais-tu pas trop d'usage d'opium ? Il finit par produire des effets léthargiques, des affaissements qui énervent. Qu'un peu de soleil te vaudrait mieux que cela ! Nous n'avons ici que nuages, brouillards et pluie. Aujourd'hui seulement, le ciel prend un air de printemps. Il faudrait que ceci durât pour te mettre en route. Je ne voudrais te voir partir qu'au beau fixe. Ainsi donc, à Tours le bonheur de te revoir et d'embrasser Caro. Vous devez sans doute y passer quelques jours. Il est inutile que j'arrive avant la veille de votre départ. Il suffit de nous joindre. Précisez-moi le jour afin que j'arrive ni trop tôt ni trop tard.

Ma chère Caro a dû être bien occupée avec toi et les affaires. J'ai craint quelquefois qu'elle ne fît trop pour sa santé. Dis-lui bien de se ménager et que je l'embrasse. Je la prie de dire tout ce qu'il se peut d'aimable pour moi à sa sœur (3). Autant à toute la maison. Donne-moi l'adresse des dames de Tours.

(2) Eugénie désirait ardemment voir le château de Saint-Martin où était allé Maurice en juin 1837.

(3) Mme Frédéric Dulac, venue des Indes avec son mari pour séparer ses intérêts d'avec ceux de Caroline.

APPENDICE

I. — Lettres d'Eugénie de Guérin à son frère mentionnées dans certains documents (1) et qui n'ont pas été retrouvées.

Date	*Document qui contient cette mention*
1824 16 octobre.	— Lettre de J. de Guérin à Maurice, 16 oct.
novembre.	— Lettre de J. de Guérin à Maurice, 14 déc.
14 décembre.	— Lettre de J. de Guérin à Maurice, 14 déc.
1825 7 février.	— Livre de comptes de J. de Guérin.
4 mars.	— Livre de comptes de J. de Guérin.
22 juillet.	— Livre de comptes de J. de Guérin.
1826 août.	— Lettre de J. de Guérin à Maurice, 30 sept.
1827 août.	— Lettre de J. de Guérin à Maurice, 18 nov.
1828 1er octobre.	— Lettre de J. de Guérin à Maurice, 1er oct.
1829 novembre.	— Lettre de Maurice à Eugénie, 7 nov.
1830 6 janvier.	— Lettre de Maurice à Eugénie, 22 janv.
début de février.	— Lettre de Maurice à Eugénie, 10 fév.
fin de février.	— Lettre de Maurice à Eugénie, 3 mars.
mai.	— Lettre de Maurice à Eugénie, 24 mai.
1833 8 juillet.	— Lettre d'Eugénie à L. de Bayne, 8 juil.
1834 10 juin.	— Livre de comptes de J. de Guérin.
22 septembre.	— Journal d'Eugénie, 22 sept. 1835.
25 novembre.	— Journal d'Eugénie, 26 nov.
28 août.	— Livre de comptes de J. de Guérin.

(1) Cette liste est sans doute incomplète. Eugénie a dû écrire à son frère beaucoup d'autres lettres dont nous ne connaissons pas l'existence; toutes n'ont pas été mentionnées. Nous ne publions ceci qu'à titre documentaire.

1835 23 mai. — Journal d'Eugénie, 23 mai.
19 juin. — Journal d'Eugénie, 19 juin.

1838 9 février. — Journal d'Eugénie, 9 fév.
février-mars. — Journal d'Eugénie, 14 mars.
17 mars. — Journal d'Eugénie, 17 mars.
avril-mars. — Lettre de Maurice à son père, 11 mai.
7 juillet. — Journal d'Eugénie, 7 juil.
8 déc. et jours suivants. — Journal d'Eugénie, 10 déc.
31 déc. — Journal d'Eugénie, 31 déc. 1839.

1839 8 mai. — Journal d'Eugénie, 8 mai.

II. — Liste des lettres adressées par Maurice à Eugénie qui se trouvent dans notre collection.

1822 Chère Eugénie, je suis...
Hélas ! le monde...

1824 6 octobre. — Je suis installé...
28 octobre. — Si jamais j'ai été...

1826 5 novembre. — Mes chères sœurs, je profite...

1828 7 août. — Je pourrais vous reprocher...
26 août. — Je fais tout ce que...
octobre. — Certes, voilà bien...
2 novembre. — Si l'on...

1829 7 janvier. — Tu finis ta lettre...
18 mai. — Plus avancée que moi...
vacances. — O ma sœur, que je te suis...
7 novembre. — Enfin, je la tiens...
novembre. — Je me proposais...

1830 22 janvier. — C'est hier seulement...
3 mars. — Comment répondre...
24 mai. — Chaque minute du temps...
16 juillet. — Chère Eugénie, il y a quelques...
10 décembre. — Je pense, ma chère...

1831 1re janvier. — Il y a bien long....
9 avril. — Tu es donc désœuvrée...
20 mai. — Tu me demandes une...

1832 6 janvier. — Pourquoi ce silence...
18 décembre. — Me voici acclimaté...

1833 29 avril. — Que je te conte...
21 juin. — Que je te rends...

1834 10 janvier. — Mordreux...
2 février. — J'ai quitté le Val...
9 avril. — Eh bien...
13 août. — Me voici...
10 septembre. — Un échec...

1835 18 janvier. — Le pâté...
1er février. — Je crois que...
4 mars. — Le pauvre...
1er mai. — J'attendais...
12 juin. — Comme tu le dis...
11 octobre. — Je suis arrivé...
16 décembre. — J'ai répondu...

1836 9 février. — J'ai vu...
fin de février. — Les nœuds...
7 juin. — Tu as ajouté...

1837 20 avril. — Si je ne t'ai pas...

1838 18 février. — Ne crains...
avril. — Je suis...

1839 15 mars. — J'ai vu...
8 avril. — Pluie et...
24 avril. — J'ai reçu...
26 mai. — Ma chère...
1er juin. — Que je suis...

RÉPERTOIRE ALPHABÉTIQUE

DES NOMS

de PERSONNES, de *lieux*, d'*« ouvrages »*

NOTA. — 1° Les noms de personnes sont en petites capitales; les noms de lieux, en italique; les titres d'ouvrages, de journaux et de revues en italique et entre guillemets; les noms plus important, en lettres grasses.

2° Les noms de lieux qui ne sont pas suivis d'une indication géographique appartiennent au département du TARN.

A

B

C

D

E

F

G

H

I

J K

L

M

N

O

P Q

R

S

T

V W

ADDITIONS ET CORRECTIONS

Page XIV, ligne 4. — la désinvolture de Huysmans.

La citation que nous faisons est de seconde main. Les paroles de l'auteur d'*A Rebours*, pp. 195-196, sont encore plus rosses.

Page XIV, ligne 16. — Au lieu de *François Gélis*, lire *François de Gélis*.

Page XIV, ligne 24. — Le vent est décidément tourné au Guérinisme.

André Thérive raconte le fait suivant (*Opinion*, 30 *mars* 1929) : « Dans un tramway parisien, à 6 heures du soir, trois de mes voisines avaient le nez dans des livres. Indiscrètement, je tâchai d'en voir le titre. Sur mon honneur, l'une lisait *Eugénie de Guérin*, l'autre un roman d'Edmond Jaloux, la dernière une traduction de la *Divine Comédie.* » Le fait est caractéristique.

Page 3, note 1. — Au lieu de 6 *octobre*, lire 16 *octobre*.

Page 5, ligne 8. — Au lieu de *et... encore*, lire *et même encore*.

Page 16, note 6. — Nous l'ignorons...

Après vérification de l'abbé Decahors, Maurice de Guérin n'a obtenu aucune nomination au concours général de 1828.

Page 22, ligne 34. — Il faut établir le bonheur sur une base solide.

Il semble qu'il y ait ici une réminiscence de *René*. Le Père Souel condamne, en effet, comme Eugénie, ceux qui n'essaient pas de réagir contre l'amour exagéré de la solitude, de la rêverie à vide.

Page 31, note sur la lettre. — Au lieu de *Audos*, lire *Célestins, Paris*. [Ces mots se trouvent au dos de la lettre.]

Page 32, note 10, ligne 6. — Au lieu de 123, lire 94.

Page 48, note 30, ligne 2. — Au lieu de *Pilier de Lacroix*, lire *Pilier de Lacros*.

Page 56, note 15. — Au lieu de *Ardes*, lire *Ardus*.

Page 64, ligne 31. — Jour de fête dans nos campagnes.

Ce n'est pas par esprit gallican que Mgr Brault avait interdit l'exposition du Saint-Sacrement le second dimanche du mois, mais pour se conformer aux vrais usages liturgiques.

Page 72, note 1, lignes 1 et 4. — Au lieu de *Le Vacher*, lire *Vacher*.

Page 74, note 15. — Au lieu de 20 *juin*, lire 30 *juin*.

Page 75, note 19, ligne 3. — Au lieu de 1862, lire 1863.

Page 101, ligne 21. — Au lieu de 15 *mars. J'ai vu...*, lire 17 *mars. Le temps est mauvais...*

Page 106, ligne 1. — Au lieu de *Copenhague* (*Suède*), lire *Copenhague* (*Danemark*).

TABLE DES MATIÈRES

LETTRES D'EUGÉNIE DE GUÉRIN A SON FRÈRE MAURICE

N.-B. — La lettre I indique les lettres inédites.
L'astérisque * désigne celles qui sont transcrites sur l'autographe; la lettre C celles qui le sont sur une copie de Marie ou de Trebutien.
Le signe + marque les lettres publiées incomplètement jusqu'ici.
Ce qui est entre crochets [] ne se trouve pas dans le manuscrit.

APPENDICE

RÉPERTOIRE ALPHABÉTIQUE

TABLE DES PLANCHES HORS TEXTE

CET OUVRAGE A ÉTÉ ÉTABLI
PAR EMILE BARTHÈS. IL A
ÉTÉ ACHEVÉ D'IMPRIMER LE
XIX MARS MCMXXIX, A ALBI, SUR LES PRESSES DE
L'IMPRIMERIE COOPÉRATIVE DU SUD-OUEST. LES
PLANCHES HORS TEXTE ONT ÉTÉ EXÉCUTÉES PAR
LES SOINS DE MM. BARATAUD,
COURTEAU & Cie, GRAVEURS-
IMPRIMEURS A PARIS.

DE LA MÊME COLLECTION

Eugénie de Guérin d'après des documents inédits. — E. Barthés. — Paris, Gabalda; Albi, Imprimerie Coopérative, 40, rue Séré-de-Rivières.

Tome I. — *Avant la mort de son frère Maurice* (1805-1839). Avec un *Avant-propos* et quatre planches illustrées hors-texte. In-8°, XIV-447 p.

Tome II. — *Après la mort de son frère Maurice* (1839-1848). Avec trois planches illustrées hors-texte, un *Chapitre bibliographique* et une *Table analytique*. In-8°, VIII-356 p.

Œuvres d'Eugénie et de Maurice de Guérin

Eugénie de Guérin. Lettres à Louise de Bayne. — Textes inédits. — E. Barthés. — Paris, Gabalda; Albi, Imprimerie Coopérative, 40, rue Séré-de-Rivières.

Tome I (1830-1834), in-8°, XIII-467 p. 1924.

Tome II (1835-1847), in-8°, XVI-397 p. 1925.

Cet ouvrage a été couronné par l'Académie Française [*Prix Marcellin Guérin*, 1.000 francs].

www.ingramcontent.com/pod-product-compliance
Lightning Source LLC
LaVergne TN
LVHW012009220826
846092LV00001B/295

* 9 7 8 2 3 2 9 1 7 9 8 5 8 *